陈东枪枪 著

神探华良

捌

无间

南方出版传媒
花城出版社
中国·广州

图书在版编目（CIP）数据

神探华良. 8，无间 / 陈东枪枪著. -- 广州：花城出版社，2021.10
ISBN 978-7-5360-9302-7

Ⅰ. ①神… Ⅱ. ①陈… Ⅲ. ①侦探小说－中国－当代 Ⅳ. ①I247.5

中国版本图书馆CIP数据核字(2021)第145172号

出 版 人：肖延兵
总 策 划：海　飞
项目执行：汪　黎
策划编辑：程士庆
责任编辑：周思仪　王梦迪
文　　字：王喜鹏　汪　黎　陈如松　汤　玲
技术编辑：薛伟民　凌春梅
装帧设计：今亮后声·小九

书　　名	神探华良. 8，无间
	SHENTAN HUALIANG. 8，WUJIAN
出版发行	花城出版社
	（广州市环市东路水荫路11号）
经　　销	全国新华书店
印　　刷	佛山市浩文彩色印刷有限公司
	（广东省佛山市南海区狮山科技工业园A区）
开　　本	880 毫米×1230 毫米　32 开
印　　张	5.625　1 插页
字　　数	107,000 字
版　　次	2021 年 10 月第 1 版　2021 年 10 月第 1 次印刷
定　　价	35.00 元

如发现印装质量问题，请直接与印刷厂联系调换。
购书热线：020-37604658　37602954
花城出版社网站：http://www.fcph.com.cn

楔 子

天花板上，一盏玉兰花状吊灯洒下幽暗的灯光。

滴答，滴答——

墙上的挂钟持续发出单调的机械音。

巨大而可怖的玉兰花状阴影倒悬在墙上，摇摇欲坠，如同一具浮肿而扭曲的尸体。

凌乱的黑发遮住了女子惊慌而恐怖的面容，目眦欲裂的红色眼睛从黑发间露出，那是身处地狱之人的眼神。如果不是她的嘴被布条塞住，此刻发出的必定是凄厉的尖叫。

然而逼仄的房间里沉闷无声，只有喉咙咯咯作响，直到血沫堵住了气管。

最后的少许意识回到了傍晚的车厢，黑影从起点站开始已经紧随在她身后，如同摆脱不去的噩梦。

她眼前的世界开始被瞬间弥漫的血红色淹没。

破碎的玻璃体中映出了刀刃的凶光，远处的黑影不疾不徐，以冷静而颇具威压的步态朝女子逼近。仿佛眼前的不是一个活生生的人，而是一个可以随意拆卸的玩具。

滴答声变得更为频繁,原来在钟表的走针音下,有另一种汩汩跳动的声音——是鲜血在持续不断地淌下。

滴答,滴答——

一

宝康里是个安静的地方。曲折的里弄四通八达,多为独门独户的石库门住宅,居民颇杂,倒也互不打扰。与南京路的珠光宝气迥然不同,挤挤挨挨的亭子间里,多的是贩夫走卒、暗门私娼与落魄的文人政客。上海滩到处是冒险家和投机者,少有人看到被浪头冲刷下来的穷苦人,寄身在这方狭窄地界当中。

此时天光刚亮,一线清冷的暖阳,为这条寻常的弄堂平添了几分安详与静谧。披头散发穿着便装的妇女纷纷走出家门,人手提一只印花痰盂。她们照常东拉西扯地寒暄几句,却见到巡捕房的黑色警车遽然停在巷口,猛地扬起一阵令人鼻痒的尘土。

一个身材高大的男子打开车门走了下来,他侧脸的轮廓如同斧凿般深邃,朗星似的双目,射出深沉而犀利的目光。一丝不苟的西装三件套与圆顶礼帽,显示了他的身份与身后的普通巡捕不同。他们叫他探长。而如果谁看过本月的《晶报》头版,就会见到与眼前男子一般无二的黑白照片，印在旁边的头衔便是——"神探华良"。

另一个男子却是骑着摩托来的，手脸白净，加上那副不知疾苦的天真张扬神色，一看便知是哪家的小少爷。只见他长腿一跨，跳下摩托，叼着一只没有烟草的烟斗，伸手揽上了华良的肩膀："华生，今天是什么案子？看来又是我福尔摩斯·莫大展身手的时候了。"

只有在被称为"华生"时，华良风雨不透的表情才有了一丝松动。周围一班巡捕面面相觑，全巡捕房，谁都拿这个不着四六的二世祖莫天没办法，即使是神探华良也不能免俗。不如说，作为莫天的搭档，他才是受害最深的那个。

走近报案人所说的地址，华良的眉头皱得越发紧蹙，他低声说："血的味道。"

莫天还未听清，他只看见华良掏出黑色细羊皮手套，谨慎而迅速地戴在了双手上。

在普通居民的印象中，有巡捕的地方就有纷争与凶案。巡捕是与"不祥"二字挂钩的。他们远远避开这些个瘟神，眼神暗飞，往后瞄上几眼，心道不知今天倒霉的是哪家哪户。

这注定是不平静的一天。

二

当华良打开后厢房上层的亭子间,一股浓烈的血腥气迎面袭来。

地狱般的景象。

整间屋子都均匀地染上了猩红的血,从墙壁到地板无一幸免,几乎没有立足之地。一踩上去,血液的黏腻从脚底直达四肢百骸,充满了令人作呕的不适感。

乍一看,屋内没有被害人的尸体。

莫天原本以为笼罩屋内的血光是红色窗帘映照的缘故,他伸手一摸,才发现厚重的窗帘布料上也浸满了鲜血。

窗户的采光并不好,华良拉下吊灯开关,屋内的场景终于变得清晰。在场的巡捕都倒吸一口凉气。仿佛这里原本就没有住户,而只有块状的骨骼、内脏与皮肤,漂浮在血海中互相寻觅。

头颅被放置在桌面上,黑洞洞的眼眶中已经没有了眼珠,僵白色的脸上凝固着极度扭曲的表情,似乎在生前承受了难以想象的恐惧。

莫天的视线落在窗台边的桌面上,那凌乱的杂物中立着一只玻璃高脚杯,像蒺藜丛中一朵透明玫瑰。他戴上橡胶手套,端起高脚杯,先是闻了闻,再放在灯下端详。杯中残留着同样猩红色的液体,而房间里并没有与酒相关的器具,更别说酒了。他说:"能在这种环境下喝红酒的,不至于是被害人吧?看来这次的凶手是个变态杀人狂,一边喝红酒,一边享受屠杀的快感。"

说到这里,莫天更为兴奋,毕竟只有不同寻常的案件才与他神探的身份相符。在他的脑海中早已勾勒出一个杀人狂魔的形象:"说不定,他觉得自己是个艺术家,把凶案现场当作画布,用死者的鲜血做颜料,我们眼前的就是他首次面世的杰作。他一定敏感、多疑,品位很高,喜欢听交响乐……"

"没准你说得有点道理。"清脆的女声打断了莫天的福尔摩斯式推理。

来人穿着简单的衬衫和马裤,清爽而利落。散发出消毒水味的白大褂松松垮垮挂在身上,看上去是从诊所直接赶来的。

巡捕们见到她,纷纷移开了目光,只要被这位编外法医注视超过十秒,他们就觉得自己已经被她的目光解剖得一干二净。

"你来了,高婕。正好,这个案件你会喜欢的。"华良说道。

高婕伫立在华良身旁,她的视线从地上的头骨往上移,在房间里环绕一周,最后落在墙上的血痕处,说:"能把尸体砍成这种程度,不难看出凶手是个相当狂暴的人。但血水没有呈喷射的形状,说明不是喷洒出来的。分尸之前,凶手曾冷静地给尸体放血。不过,具体推断要等所有部分在停尸房重聚时才清晰一些。"

语毕,五个巡捕开始有条不紊而小心翼翼地采集证据。

看着高婕专注的神情,华良有个突如其来的念头:对于高婕来说,即使是再讨厌的人,只要变成了死人,就可以立刻获得她的青眼相待。

躲在楼下的房东被莫天带上来辨认死者的身份。房东就是报案人,是个中年鳏夫,平时住在巷口的石库门中,以收租为生。据他所说,桌上的女性头颅应该是租户丁桃的。丁桃的工作是电车售票员,除了上下班,没有别的去处,生活十分规律,案发前后房间并无特殊的动静。直到前几天房间发出浓烈的腥臭味,他连续两天来敲门都没有响应,意识到不妥,才开门来看。

屋内很乱,凶手几乎没有对自己的作案手段作任何掩饰处理。地上遍布杂乱的鞋印,箱柜大多敞开着,露出被翻动过的衣帽杂物,如同一堆被搅碎的内脏。

华良接过莫天刚才拿起的酒杯,灯光从高处照亮了剔透的玻璃杯壁,可以清晰地看到,杯身遍布重叠的指痕,杯口残留着半圈由微小颗粒组成的唇印。

华良交代巡捕将杯子作为证据封装。看着证物上的编号已经超过了两位数,华良不无忧虑地意识到,与以往的杀人案不同,这次他们不会缺少线索。正相反,这些线索庞杂而混乱,千头万绪,如同亭子间中这片一夜之间形成的血海，神秘莫测。

一名巡捕前来报告，屋内的箱柜有凶手翻找的痕迹，但财物并没有被取走。高婕分析道："根据分尸的时长和现场的痕迹来看，凶手在这里停留有一段时间，甚至可能多次进出；不排除喝红酒的和肢解尸体的是同一个人。"

"所有凶手都会掩盖证据，这个人在有充足时间的情况下，却没有这样做，甚至大方地给我们留下了许多种解读的可能。而且，有一个最大的疑点，他为什么要肢解尸体？"华良的视线在屋内扫了一圈。

"通常来说，没有尸体，就可以没有案件。"高婕明白华良的意思。

迄今为止，巡捕房记录在案的命案中，凶手肢解尸体的动机都是毁尸灭迹。凶手会把尸体分割成小块，再以不同的方式处理干净。而在处理方式上，有人将尸块混在垃圾中扔掉，有人跑到深山或海边抛尸，也曾有骇人听闻的传言，一个男子将妻子分尸后每日烹煮一部分吃掉。男子的邻居曾告诉华良，直到很久后他们还记得，每到傍晚，楼道中就会溢满奇异的肉香。

然而眼前的情形明显无法用常理解释，凶手肢解了尸体却并未作任何处理。

莫天思索片刻，说："也许是个精神病患，杀人狂的逻辑与常人不同。一个正常人怎么可能在这间见鬼的屋子里待那么久，老实说，我现在已经快要窒息了……你看，现场的混乱说明他缺乏秩序感，很有可能，他是个无法自主控制行为的人。"

"福尔摩斯,你提醒了我。我有种感觉,他的行为并不缺乏逻辑。"

华良盯着脚下由于氧化而发黑的血,仿佛见到一个深不见底的漩涡正在慢慢形成,越来越大。其中有一个更深的影子映入了华良的瞳孔中。

华良俯身,从遍地狼藉中捞出了一根绳子,是市面上随处可见的普通麻绳,并没有什么特殊之处。

绳子使华良下意识把目光投到尸块上,果然,尸块表皮的瘀血明显是凶手用麻绳勒出的,其中颈部的瘀血最深。华良和莫天同时看向天花板。空荡荡的天花板上挂着吊灯和吊扇,吊扇的底座是打钉子固定的,完全没有可用于挂麻绳的部件,而玉兰花状的吊灯是由一只铁钩吊挂在屋顶中央,白色塑料外壳看起来有些老化,已积尘发黄。如果不仔细看,很难发现吊灯一角的指印,他们熄了吊灯观察,那指印处的灰尘果然比吊灯整体要浅许多。"会不会是丁桃修理过电灯?"莫天说。

房东接受问话后早已跑到了楼下,畏畏缩缩地躲在角落,生怕再闻到那种噩梦般的腥臭味。莫天只得亲自跑一趟下去向房东问话。回来时莫天说,丁桃平日很少开电灯,只用蜡烛。

华良凝视着吊灯上的铁钩,那灰尘也是被抹去的,很可能丁桃往天花板上藏过东西。他测量了椅子的高度,加上自己的身高勉强够得着铁钩,但据房东的描述,丁桃达不到华良的身高，倘若用桌子的话，那沉重的桌子也不是丁桃能轻易挪动的，所以，华良猜测这是凶手留下的线索之一。

他想到，一个只追求心理快感的变态杀人狂是不会把吊灯取下来以后，又完整地挂回去的。

"如果凶手真的不在乎被抓住，那么就不会费心机动这些手脚。我看，他确实有点疯，但他清楚地知道自己在做什么。"

华良看着翻箱倒柜的痕迹，他意识到凶手行事实际上有着明确的目的，单纯为了营造为财杀人的假象，不必做到这种地步。或许，凶手在这间屋子里寻找什么东西。

这时，莫天想起了什么："浴室的水管上也有一根差不多的绳子，我想，会不会死者生前被绑在那里？"

狭窄的浴室中弥漫着一股若有若无的草药香，华良蹲下身，看到水管上遍布绳子摩擦的痕迹。看来，确实有人被绑在这里。附近的地砖有一小片明显的磨损，华良靠着墙坐下，将手攀在水管之上。按照一般成年女子的体型，脚刚好够到地砖磨损的位置。华良对浴室进行一番勘查，在浴室的下水道口发现了一些蓝色碎纸，由于水浸泡过久，收作证物时已成糊状了。

"确实有人曾经被绑在这里，从磨痕来看，被绑的状态还持续了一段时间。屋内只有她一人生活的痕迹，你觉得，丁桃可能把自己绑在这里吗？"

莫天脑海中浮现出丁桃独自将自己绑在这间阴暗浴室

中的景象，不禁打了个寒战。

"尸体是会说话的。"唯恐莫天又开始高谈阔论，高婕冷静地开口。这时，现场已经勘探完毕。不再久留，高婕走到门口，将染污的白大褂脱下，准备回巡捕房验尸。临走前她回头望去，高大的男人在一片血色中缓缓闭上双眼，他看起来孤独却明亮，仿佛能将周围的邪秽尽数驱散。

狭小的房间在华良脑海中不断收缩，继而向外延伸。一个黑影走进了丁桃的房间，他或许不是独自前来，至少带着一个同行者。门窗没有破损，屋内打斗的痕迹很少，可能他与丁桃是相识的。要么，丁桃还未反应过来，就已经失去了反抗的能力。

华良沿着现场纷乱的拖拽痕迹，一边想象着凶手的作案轨迹，在原先放着高脚杯的桌子旁停住了。桌子旁的书架上有一排时兴的爱情小说，其中一本跟其他完全不搭调的书引起他的注意，那是曹禺的《日出》。他把书抽出来翻了翻。

扉页夹着借阅卡，奇怪的是，上面并没有丁桃的名字，而书页中却夹着丁桃署名的书签。

三

看到华良站在房间中央默不作声，以左手抚着右侧的脸颊，莫天明白，这是华良陷入沉思时的习惯。华良需要感受案发现场的气息，将所有细微处的痕迹联结在一起，直到从表面上杂乱无章的线索中，发掘出深层的联系。

莫天摇摇头，他决定去附近寻访，没准自己能比华良先一步揪出凶手，毕竟，他可是掌握了福尔摩斯神乎其神的演绎分析法的男人。

刚跨出屋外，莫天瞥见一个陌生男子正趴在窗边，鬼鬼祟祟地朝屋内张望。

莫天当下喝止："你是什么人，进来干什么？这里是案发现场，所有人未经允许不能进来。"

男子先是吓了一跳，不一会儿便神色如常："哎，别动气。我就住在隔壁，邻居，邻居。这不，你们动静闹得这么大，我出来瞧个热闹。不打扰你们啦，我这正要出门。"他说着转身就走，嘴里还念叨："这么个血腥案子，我以后住下去怎么安生……"

这时，华良拿着《日出》走到门外，瞥了一眼隔壁的门把手，上面塞满广告传单，他立刻吼道："隔壁根本没有人住！莫天，快追！"

莫天不明就里，连忙冲向楼梯，沿着扶手，三步并作两步跨过石阶。他们追到楼下，早已不见那人的踪影。

华良拍了拍莫天的肩膀，说："隔壁门把手上留着许多广告传单，如果有人居住，肯定会及时清理。下次可不要太大意了。"

闻言，莫天踢了一脚被扔在地上的拖鞋和垃圾桶，脸上的傲气折损了几分："册那，敢阴我！"

他回忆起刚才的场景，越想越不对劲：明明天气尚热，男子却穿着一件立领外套，八角帽的帽檐压得很低，分明是不想被人认出的样子。

华良不禁失笑："神探，看来你的演绎法还没有学到家。走吧，让我坐一回你的摩托。"

四

回到巡捕房，华良将现场搜集的证物摆在眼前：红酒和酒杯，两条绳子，一本《日出》。除此之外，还有几片原本早已腐烂在下水道口的蓝色碎纸。

细看之下，两条绳子虽然同为普通麻绳，却在形态上有着区别。浴室内的绳子上只有普通的活结而已，而房间中央的绳子使用的是一种十分特殊的绳结系法，华良在脑海里飞快检索，他在以前的案子中没有见过同样的系法，至少上海法租界内的案子没有。所以，凶手有可能在使用绳子方面是个老手，也有可能他是个外地人。

莫天走到华良的办公桌旁，面露失望，他找专业的酿酒专家对高脚杯中残留的酒液做过成分分析，凶案现场的红酒只是市面上普通的"樱甜红"，这样一来，希望通过酒来追踪凶手的想法落空了。

另一边，为了拼接尸块，高婕在停尸房里足足待了一天一夜，三位法医助手轮流进停尸房协助高婕。旭光破晓时，三位助手下班，她还穿着那件白大褂在冰冷的台面上写尸检报告。当她把这份报告铺在华良的办公桌上时，才缓缓感到疲倦往她身上涌来。尽管如此，她没有表现出一丝困乏，相反，久远以前她伴着尸体度过的那些日夜仿佛突然重现了，她体内有一股耗不完的兴奋，只是肉与肉的切口之间对接的工作使她有些不耐烦而困倦。她写完报告以后，便直接从停尸房走向华良的办公室。彼时华良和莫天都枕在一堆资料中睡着了，忽然被高婕的动静所惊醒。高婕把她写的报告铺在桌上说："给你们醒神来了，这是丁桃的尸检报告。"

高婕说："尸块的切口完全遵循人体肌理，刀口流畅干净，多处尸块的表皮有麻绳勒过和遭受击打的痕迹，暂时不见有致命伤。两个疑点，一是尸体的胃不见了，二是血液中检测出了海洛因，她有吸毒史。另外，先前我在化验室给现场的红酒做化验时，皮肤有轻微过敏反应，我对青梅过敏。红酒的化验结果没有异常，于是做了更细致的化验，果然，里面有梅子成分。"

华良敲了敲桌沿，说："这么说，符合条件的人，不是屠夫，就是有一定医学知识的人，而且还偏好吃梅子。"说着，他转向巡捕房取证室的同僚说："酒杯上的指纹有什么进展？"

同僚回答："指纹是提取到了，不是死者尸体的。要从登记在册的前科犯人记录里找，还需要好些天。"

华良微微颔首，心中并不抱什么希望。他明白，一个心思如此缜密的凶手，绝不可能疏忽大意留下如此显眼的关键性证据。

然而上海滩闻风而动的大报小报并不这么想，它们早已将凶手定性为以先放血后肢解女性为爱好的变态杀人犯，并为他取了一个响亮的名号："人屠"。

风言风语不胫而走，一时间街谈巷闻中的人物，都被当成了残忍而暴虐的"人屠"。

"华生，你看看上面写的，又说'人屠'小时候遭受过精神创伤，又说'人屠'对死者进行了性侵害，真是捕风捉影！"莫天面露不悦，将一沓报纸攥在华良面前，无数个耸人听闻的硕大标题映入眼帘。

"这倒有点噱头，看来你的神探地位要不保了。不过，眼下还是考虑一些朴素的问题为妙。"等待指纹检索结果的时间，华良翻阅着巡捕送来的死者资料。

丁桃，法租界第4路电车上的售票员，社会关系简单，无其他收入来源。在同事与邻居的描述中，丁桃与所有普通女市民无异，她爱去大光明影院看外国电影，关注报刊上时兴产品的目录。谁也想不出有什么人会和丁桃有如此深仇大恨。非要说的话，丁桃唯一的缺点就是贪小便宜，售票时借不同货币之间的兑换比例做文章，找钱总得让乘客吃点亏。

"目前主要有三个疑点。"华良分析道，"第一，售票员的工资说不上高,丁桃哪里来的钱长期吸食海洛因?第二,缺失的胃去了哪里,凶手为什么唯独带走了胃?第三,两根绳子分别是什么用途?"

办公室内陷入了短暂的沉默,黑色的阴云压在窗外一角,压抑已久的雷声终于翻涌搅动,惊起一片鸦群。雨却迟迟没有落下,空气滞闷得可怕。

巡捕根据房间内的鞋印等线索在案发现场附近进行排查,一无所获。四邻中无人在案发前后目击到可疑人物,而丁桃所服用的海洛因始终来源不明,查不到任何供货者的信息。不久,取证室的指纹检测结果出来了,如同预料中一般,没有记录在案的人可以与之匹配。

华良面对一堆庞杂又矛盾的线索苦思冥想而无果,仿佛看见那个暗处的影子露出嘲讽般的微笑。

影子既不属于光,亦不属于暗,仿佛一个世界上本不该存在的人,一道明暗相交时留在视网膜上的幻象,风一吹就消散在了奔流的人潮中。

五

胶着的气氛并未持续太久。

新的肢解案被报告到巡捕房时,莫天正在吃一碗软糯的凉皮。偶尔,他喜欢尝试一下这种平民的食物。但现在显然不是个好时机，一名年轻巡捕冲进来对着华良说了一大通关于尸体的话，新的案情发生了，莫天正抱怨道："不重要的案子就先搁着吧，有比得过丁桃那案子离奇的吗？"年轻巡捕哽咽一下，说："一样……跟丁桃一样，都是分尸，现场全是血水和尸块。"

血赤糊拉的描述，让眼前浇着红油辣子的半透明凉皮变了味。莫天仿佛看见了一大堆白花花冒着血星子的晶莹脏器。

警用摩托风驰电掣，莫天在街头倾斜的电线下穿行，与华良所乘坐的黑色警车并驾齐驱。

第4路有轨电车从两人身侧堪堪擦过。远处影戏院的外墙上张贴着秋田制药公司的巨幅广告，上面目光炯炯的中年专家身处实验室的瓶瓶罐罐当中，露出睿智而慈祥的笑容。

莫天喜欢这种感觉，他喜欢速度与力量的延伸，他也喜欢这个陌生而熟悉的城市。熟悉的是自打一出生就围绕在他身边的声色繁华，陌生的却是隐匿在暗处的罪恶与死亡。

死者名叫梅福，是法租界的一名黄包车夫，年近四十，为人忠厚老实。

当华良跨进梅福的住处，熟悉的红光在他面前晃过。是桌边熟悉的红酒杯倒映出了一片血海。

现场同样是碎尸、泼血，凶手留下两条麻绳，红酒杯放置在显眼的位置。梅福的房间没有吊灯，但挂在头上的笤箕被打落下来了，房间的横梁积了几片蜘蛛丝，所有杂物被翻得乱七八糟，即便是显然用来吃饭的铝质饭盒也干瘪变形了，动辄发出咿呀声的木床一角有绳子摩擦和人体挣扎的痕迹，粗糙的地板依稀残留着凌乱的灰白鞋印。尽管他们套上了鞋套，进去时依然十分小心，一不留神就可能把原先的鞋印抹掉。华良一怔，他觉得这逼仄而阴暗的房间如同一幅临摹地狱的浮世绘，当丁桃的死亡现场和眼前场景重合，尸体和凶手的线索不再吸引他的注意力，代之的是沉重的感官体验；凶手留下的一切细节只是一层烟雾，真正要表现的似乎是他对死者的恐吓和狂笑。

顺着这一思路，这一瞬间在华良脑海中浮现出的，是近似于日本平安时代绘画《地狱草纸》中的场景。然而这些死者并非大奸大恶之人，都是寻常百姓，靠出卖劳力挣一点微薄的薪水度日，性情普通而温和，扔进人群中就分不清面目……

一个比现世更为不安与恐怖的所在。

高婕径直走向墙角，隔着橡胶手套提起一只断手，查看横切面的纹理："嗯，没错，切割手法和丁桃案一致。"

"又是'人屠'，我早就料到了，他肯定会再次作案的。"莫天摸了摸下巴，"只是没想到，事情还没平息，他就敢顶风作案。"

"我想他一定有不得不这样做的理由，或许他很赶时间，比我们着急得多；从作案现场呈现的场景来看，丁桃和梅福的死并没有让他达到目的。我甚至怀疑，他们想通过这样残暴的场景显摆自己的凶狠。"华良说着,指挥勘查人员取证。

现场与丁桃案如出一辙,所能找到的物证大同小异。从脚印看,凶手起码有两人,房间的横梁上亦有动过手脚的痕迹,原本应该落灰的地方,却都被擦拭得十分干净。在床脚上找到了绳索捆绑的痕迹,附近的地砖亦有累积的磨损。梅福和丁桃一样,看起来像自己将自己绑了起来。另外,隐蔽角落的箱笼都被打落,更印证了华良的猜测:"人屠"必然在寻找什么东西。

高婕摘下手套,上面布满了血和其他不知道是什么的黏液。看她的表情,华良已经明白了:"让我猜猜,又有器官不见了?"

高婕点点头:"还是胃部。找遍了整间屋子也没有,总不至于被野狗吃掉吧。其他情况,等我回去检查一遍再说。"

莫天从华良与高婕两人之间探出头:"难不成,这是一个猎胃狂魔?他只喜欢收藏被害者的胃部?"他仍然没有放弃关于杀人狂的戏剧化想象,在他的剧本中,"人屠"必然具备某种难以理喻的特质。

他继续强调:"你们看,目前的两个死者,丁桃和梅福,完全没有任何关联,唯一的解释就是,凶手是随机挑选目标的。"

"那看来你会对猎胃狂魔的作品感兴趣的,正好,我还缺助手。毕竟拼尸块这活儿,三个助手远远忙不过来,如果这次他们还边工作边反胃的话。"说着，高婕将那沾满可疑黏液的手套抛到了莫天手中。

莫天仿佛碰到了炭火似的缩回手，却意外地看到眼前这位古怪而冰冷的法医搭档展露笑容。

莫天正想假意发怒，高婕收起笑容，十分认真地说道："神探，你知道吗？手套要留在现场，是对死者的尊重，也是希望他们的亡灵不要跟着自己。"

下一秒高婕已经打出收队的手势，走到了门外。

虽然捉弄莫天很有趣，但比起与活人同处一室，她更热衷于见到她亲爱的尸体们。

"哎，神探，我倒是有一点怀疑，以往的案子中，凶手巴不得尽量把线索清理掉，可这一回，不该留下的都留下，留下的却有点匪夷所思，横梁上的痕迹，高脚杯，以及凶手带走的胃……"华良说着，背后一凛，他感到窗外有一丝窥探的视线。

于是华良不动声色地用眼神朝莫天示意，莫天立刻领会了，他假装平淡地往屋外走去。窗外的窥视者果然闻风而动，迅速向另一个方向撤退，结果一头撞在莫天身上，被莫天和华良反剪双手按在了墙上。

莫天一看，来人穿着不合时宜的长袖外套，八角帽盖住大半张脸。虽然衣帽皆换了款式，但莫天一眼认出，他分明就是那天从丁桃住处逃跑的人。

"怎么，还是个老相好？"莫天笑容里带上了一丝痞气。他抬手掀开那顶碍眼的八角帽，一张青年男子的脸露了出来。明明年纪并不大，浓重的眼袋与暗青色的皮肤却透露出病态，他的眼中含着一股既虚弱又亢奋的神气，看上去忧心忡忡，夜不能寐。

男子卸下了防御姿态，挣扎着从内袋里掏出名片递给华良与莫天，双手虽然在抑制不住地轻颤，多年混迹社会的经验仍使他迅速换上了一副和蔼的模样。他自称是《新报》的主编王光明，为了抢到独家新闻才不惜以身犯险。

华良锐利的目光扫去，见到男子后脖颈的瘀痕与虎口的茧，是长期佩戴相机与按动快门留下的痕迹，这才放松了手上的力道。只是《新报》之名连华良也是闻所未闻，王光明摆摆手："陋巷小报，见笑见笑。"

华良注意到，王光明始终站在屋檐下的阴影处，不肯走出一步，手脚畏缩，眼神飘散而游离。沉默片刻，王光明才以试探的口吻说道："我见到过关于你的报道，神探华良……"

"哈！是不是谁都见过那篇报道？可惜，有一点不好，写到我的部分太少了。"莫天叼着烟斗。

从王光明欲言又止的神情中，华良感到眼前这个男子似乎藏着比他们想象中更为沉重的秘密。这个秘密快要把他压垮了，可是他却无法相信任何人。

华良尽量平和地注视他的眼睛，不愿惊动这个惊弓之鸟般的男子的内心："你知道一些什么事，对吗？如果你愿意相信我，我会帮助你解决这一切，没有任何人会再受到伤害……"

王光明终于抬起了头，然而他的目光径直看向华良身后。那一瞬间，他仿佛见到了世界上最为可怕的东西，整张脸瞬间扭曲成极度恐怖的表情，一个字也说不出口。

华良困惑地转头望去，平静的街道上什么都没有。

在那一刻，王光明眼中的虚弱与亢奋因危险的气息而愈发炽烈，他出神般低声念道："真是到哪哪就有他们……"

趁着莫天回望的姿势毫无戒备，王光明猛地挺身冲撞，如同一头愤怒的公牛，将莫天掀翻在地。

华良拔腿欲追，跑了几步，还是停下来，走向摔得不轻的莫天。华良伸出手，莫天并不领情，龇牙咧嘴地从地上勉力爬了起来，坐在马路牙子边喘气。

莫天远远朝街道尽头望去，他也很疑惑刚才王光明看到的究竟是什么。这时，两人都看清了，那里有一队统一着装的人正在派发传单。

他们蓝白相间的制服十分清爽，胸前均绣有一行醒目的标志：秋田制药公司。

一张传单落在了华良的手上，华良看向传单的内容，"普救丸"的字样映入眼帘，蓝色主调的画面充满了清洁与健康的气息。传单上称，普救丸是秋田制药公司二代保健药，集中西医的长处，有病治病，无病强身。而目前普救丸尚未公开面世，秋田制药公司即将召开新产品发布会，所有感兴趣的市民都可以前往现场，免费申请第一批用药的资格。

"秋田制药？最近名头大得很。"莫天想起了什么，贴在华良耳边说,"我家老爷子提过这东西,说是莫氏银行得派代表去参加来着。"

"秋田制药。"华良若有所思。他对此略有耳闻,半年以来,秋田制药公司打着民族企业的名号异军突起,以不可思议的速度进行着在上海市场的扩展。

午后的街道平静而安详,华良举目望去,远处秋田制药公司的画报鲜艳而明亮,使周围药店的招牌都黯然失色。

六

巡捕房。

每当进入尸检房,莫天总是脚底生寒。他倒不是害怕尸体,他害怕的是高婕。莫天想起三人刚认识的那段时间,他们为了破案混入某个酒会,高婕一袭晚装,风姿绰约地走到莫天面前,笑起来艳丽而不失端庄。高婕欠身施礼,夸奖莫天一表人才。一切都很像那么回事。然而下一刻她说:"我觉得你的脑袋横切面一定更漂亮!"

又比如此时,高婕正握着一只断手陷入沉思。见到华良与莫天,她平静地解释,她思考的时候需要和人产生一定的肢体接触,让自己保持心境平和。

梅福的尸检报告表明,他和丁桃一样,都有过吸食海洛因的经历。

"这是一个重要的共同点，死者都是吸食毒品的人。"华良说道。

"最近禁毒令执行非常严格，各帮派凡是沾手烟土生意的，都岌岌可危。会不会是毒品交易产生的纠纷导致的？"莫天思索道。

华良不置可否："丁桃和梅福究竟是从哪里获得毒品的，我们至今也没有查到。如果能追踪到来源，这个案子就明晰多了。"

这时，证物堆中一点蓝色引起华良的注意，仔细一看，原来是一张蓝色碎纸片。华良抽出那个透明的证物袋，说："这不是丁桃案的线索吗？"

"是勘查人员在梅福家中找到的，就在床角边，当时房间太暗，若不是做鞋印取证，他们险些看走眼。"莫天说道。

一丝忧虑爬上华良的眉间。随着第二个死者的出现，"人屠"的传闻甚嚣尘上，街头巷尾弥漫着一股草木皆兵的味道。在报纸的描述中，两宗凶杀案越发吊诡，关于案件的细节也各有各的独家成分，有的说现场每一块尸块都来自不同的受害人，有的说凶手用高脚杯喝人血，有的说丁桃和福梅死于一种巫术，和叫魂有关。

望向窗外被无数街道纵横分割的上海，华良知道，巡捕房的同事此刻都奔波在外，围绕丁桃与梅福周边的交际圈子展开调查。事无巨细，只要能揪出那么一个线头，将丁桃和梅福联结在一起，那么，华良就可以将漫无边际的碎片汇合成完整的河流。此刻，有无数这样的河流在华良脑内流淌。

"蓝色碎纸，这就是他们的第二个共同点。"华良眯起眼睛。纸屑十分细碎，但华良隐约察觉，这会是个突破口。

从衣帽架上取下礼帽，华良扯开衬衫的第一颗纽扣，试图缓解滞闷之感。他看着手中王光明留下的名片，联想起王光明把莫天撞翻之前那副惊恐的表情。华良从烟盒中咬出一根纸烟："跑得了和尚跑不了庙，莫天，我们走。"

燃起的火光照亮了华良的面孔。他立在被屋檐切割出的块状天空下，逆光看去，如同侦探小说封面上那些寂寥而孤高的剪影。

莫天打趣道："神探可不应该抽纸烟。"

七

诊所。

高婕将一批新进的药物清点入库，她细白的手指逐一打开药瓶的外包装，动作轻捷而优美，甚至有几分纤手破新橙般的风韵。

有一种新药的封口贴得格外紧实，高婕气急，撕了好几下才总算打开，少许碎屑穿过指间落在了诊所洁白的桌面上。

高婕脑海中瞬间闪过一抹奇异的蓝，她扔下登记药物的册子，冲出诊所，跑向了一间药学研究所，那白色大褂像翅膀一样在大街上噗噗作响。

她终于明白了案发现场的碎屑究竟是何物，那正是药品的封口标。

药学研究所位于马斯南路的上海第二医科大学内。高婕在研究所门口报了一位研究药学的友人的名字，研究助手将她领到友人的起居室。高婕匆匆向友人表明来意，他从书房取来《中华民国药品注册商标名录》，这本书中收录了目前上海医药行业注册在案的绝大多数商标。

本以为需要在浩如烟海的名录中检索，没想友人忽然拍了拍脑袋，那抹漂亮的蓝唤醒了他的记忆。他告诉高婕，秋田制药公司第一代保健药"普救水"的独家标志中，就有她描述的那种蓝色，这几天，满大街的广告纸上都有这种蓝，广告还说，这种明度很高却又不刺眼的蓝色代表着生命的洁净与健康，正如青天白日旗一样带领中华民族走向共荣未来。

这位友人不禁感慨秋田制药公司发展之迅速。在半年前，那还是个名不见经传的三流企业，如今摇身一变，已经成了人们口中实业兴国的典范，社长陈正夫也成了民族企业家的代表性人物，与公董局政要来往频繁。

高婕对民国实业发展史并不感兴趣，所以心思都没放在友人的话上，她思考着凶手会不会是这种药的使用者之一，直到友人说：在即将发售的第二代产品"普救丸"中，秋田制药公司已经重新划分产品线，改了成分与包装。

普救水，高婕默念这个古怪的名字。友人从他那庞杂的资料库中取出了半年前普救水的产品名录。高婕取过来看了看，夸张的宣传字眼跳进了眼帘。以她的判断，这些打着保健药之名的玩意，大多不过是加点维生素一类的成分，然后便冠以西洋医学之名大肆吹嘘，实际上并无什么神奇效果。尽管如此，她还是不想放过任何线索，于是问友人："哪里可以买到这种普救水？"

友人说："这种普救水从来没有在药房上架，打一开始就是通过寄售的方式发行的，顾客须通过联系报社填写表格才能申请，谁也不清楚到底有多少人吃过这种成分不明的保健药。正是以这样的方式，第一代保健药使秋田制药公司一夜崛起，但由于秋田制药从不拿这款保健药去药管局报备，它至今也无法进入药房以正规渠道出售。"

看着报纸上面的电话号码，高婕心念一动，快步走向桌边的电话机，按下了按键。

电话通了。

令高婕意外的是，听筒那端传来华良惊喜的声音。

八

"主编已经失踪了。"

女职员冷冰冰地说,她正对着镜子认真地往脸上抹兰花油,对两个不速之客的询问颇不耐烦。

华良又问:"是什么时候失踪的?"

"谁知道,好像是那什么碎尸'人屠'案发生之后吧。"

那之后,女职员的回答变得有一搭没一搭,像屋内用旧了的华通牌电扇一般有气无力。

新报社隐藏在一栋破旧的筒子楼里,要不是楼下坐着几个街坊,华良差点以为这是早就废弃的建筑。职员拢共只有三人,都无心工作,懒散地做着自己的私事。一张长桌摆放在报社中央,桌上是一沓泛黄报纸叠成的小山,其中关于仙姑和护身兵符之类的奇闻被粗红的笔迹圈起来,此外还有几张遍布错字的手迹稿。报社内很闷热,墙边立一竿瘦竹,挂着半干的衣裤,看来是有人把这里当暂时的住处了。主编办公室的门敞着,里面堆放着落满灰尘的器材,华良见到座位上方的墙中央挂着一幅草书字帖,上书"英雄"二字。

"王光明的事,能不能再多说一点?"莫天凑近女职员,故作邪魅地笑笑,试图以眼眸的姿色吸引她多透露些消息。

女职员的目光在莫天脸上流连片刻。莫天自以为得计,谁知道对面的女人面无表情地摊开手:"少来这套,没看到我的手很忙吗?"她话虽这么说,眼睛却停在莫天的手表上。

要不怎么说钱是敲门砖,一条小黄鱼下去,立刻就听到了响。从女职员口中,华良知道了关于王光明的许多事,听说他曾经在上海参加过不少爱国救亡的学生组织,并为自己取名"光明",立志要抛头颅洒热血,为国家的光明未来而奋斗。

毕业后,王光明自称要立足报界实现新闻理想,成为一个英雄。那是《新报》的顶峰期,王光明和几个同学白天奔波于新闻现场,夜晚边抽烟边写报道。起初那年是有些起色,他们写杂文,写时论,每天收到上百封读者来信。好景不长,之后的半年里,《新报》有几篇写日军攻打南京的文章得罪了日本人。有一次,当时的副主编,也是王光明的老同学,离开租界回老家探亲便失踪了。自从出了那事,树倒猢狲散,没有人敢在《新报》写政治评论,报纸上的版面也就一天天被广告占据。如今的王光明,一心想着跟广告商打交道,再不提跑新闻了。

"……倒也赚得不少。王光明别的不会,只有在捞偏财上最为结棍(方言,厉害)。"

说着,女职员取出本打算下月发行的报纸的校样,只见上面除了与暴力凶杀挂钩的花边新闻以外,是大篇幅的广告宣传图。报社真正的收入便是靠与商家合作卖货得来的,许多不宜公开发售的商品,就通过报纸中刊载的联系方式,暗地在市民当中流传。

比如眼前这个栏目,介绍的就是数种闻所未闻的产品:令变心的男子回心转意的药水,让心仪对象对你一见钟情的香粉,让人口吐真情的迷魂散……

莫天问这些东西到底是否具有宣传语中的神奇效果,女职员不以为意地说:"这不和太平军一个理吗?一边说什么'同吃同穿',一边让大伙练神功送死去。神探您说,哪儿假哪儿真?作判断,是读者的事情,报社只管一字不漏作报道罢了。"

华良扫了一眼那报纸的校样,头版赫然是王光明进入军区采访的消息,内容并无新意,无非是表达拥军爱民之意。然而区区一家不入流的破落小报,居然能获得军区采访的机会,文章一角还有王光明和一位士兵的合影。华良看着照片中挺直腰板的王光明,确实有几分理想青年的气质,和他在凶案现场遇到的王光明完全搭不上边。女职员嗤了一声,评点道:"这就是王光明的本事了,他最擅长打扮得人模狗样,说些冠冕堂皇的话,讨得别人的欢心。不然我们这报社也办不到今天。想当初啊……"

话未说完,她被脸上兰花油过于浓烈的香气呛得一阵咳嗽,迸出了浅浅的泪光,于是话到嘴边也就断了。

想当初,她是最早跟着王光明办报纸的人。那时的王光明在她眼中尚且是青年翘楚,说话时语调真诚而恳切,他说翠芝,你知道吗,总有一天我们的国家将会光风霁月。

她相信王光明的理想,就像她相信这个年轻人本身。后来的某个夜晚,王光明握着她的双手,热烈地讲述他那些令人热血沸腾的梦想,他说他要收拾行李,明天就去投奔地下党,他说他会成为一个智囊,或是一个谍报人员。

直到后来那些天,她见到王光明一次一次在办公室里接待那些肥头大耳的广告商,她终于明白了这个人的本性。

这时,桌上的电话机突然发出清脆的铃响,惊醒了陷入回忆的女职员。

九

高婕与华良终于在电话中弄清了目前的状况,丁桃和梅福很有可能使用过秋田制药公司出品的普救水,而当年普救水的发售是通过报社进行,主编正是王光明。王光明又两次出现在案发现场。

更巧合的是,自从"人屠"碎尸案以来,王光明几天没有出现在报社了。

女职员回忆与秋田制药公司的合作,她只记得,那时秋田制药公司的社长陈正夫还不像现在这样显赫,他打扮得乡里乡气,上海话说得很不利索,但有种令人信服的宽厚气质。她颇为自得地夸耀,那秋田制药公司还是靠着和他们合作才开始壮大的。

说到这里,她的语调转为酸涩与愤懑:"发达了以后,他们就不走野路子了,早就和我们一刀两断,也不见王光明和他们有什么来往了,就算他想攀关系,也得人家肯认不是嘛。"

华良问女职员是否有订购普救水的人员名单,她摇摇头,说她只负责接线,至于其他的事情,王光明精着呢。

走出筒子楼,暮色已从四周开始围拢,将华良与莫天的身影裹覆在一片模糊的暖意中。

"如果说王光明曾经和秋田制药公司有过合作,而他又一贯喜欢炮制耸人听闻的新闻,那么,他出现在凶案现场倒也不奇怪。"莫天说。

华良思忖道:"王光明究竟扮演了一个什么角色,目前还无法确定。但我觉得肯定不是这么简单,那天凶杀案的消息还未传出,他却已经出现在了现场。有没有一种可能,王光明当时是来找丁桃,他事先或许并不知道会发生什么?"

"两次碰见王光明,他都鬼鬼祟祟的样子,尤其是那会儿秋田制药公司的宣传队经过,他把我撞倒,还说了句什么来着……华生,你还记得狼人的案子吗?难道又是什么生化实验的大阴谋?"莫天的思绪再次天马行空,朝着戏剧化的方向一去不返。

"神探,没有证据的推理只是捕风捉影。目前的死者身上并没有什么生化实验的迹象,当然,说不定那些迹象都留在死者的胃里了。"华良没好气地说。

莫天一贯明朗的脸上浮起了忧虑:"如果咱们查出秋田制药这公司真有什么猫腻,这里面牵涉得就太广了,普通民众,民族企业,公董局……说不定震撼整个上海呢。天哪,华生,我可还没心理准备成为上海第一神探。"

"现在不是担心这个的时候。"华良拍拍莫天摩托锃亮的前盖,"我们先去查查秋田制药公司的底。"

华良以探案为由向巡捕房提出申请,去公董局翻阅登记在案的企业资料，申请很快就批下来。据华良到手的资料记载，秋田制药公司的创始人是一位叫黄九的台湾人，有关这位创始人的信息并不多，而秋田制药公司的实际掌控权在陈正夫手中。陈正夫也来自台湾，是秋田制药公司的社长。该企业靠做中西结合的保健药起家，至今，少说也持有二十多种专利药品，可其中通过药房正规出售的少之又少，常常是在报纸上挂着实业兴国的名头做广告，让平民百姓从报社订购。

短短三年，秋田制药公司成了上海滩有头有脸的医药企业。去年，秋田制药公司聘用了留学归来的博士葛诚勇担任药物研发部主任，专门研发"普救"药系列，普救丸便是这位博士的新产品。如宣传单所见，葛博士称这种药物会让服用者强身健体、百病不侵，而秋田制药公司也将用它带领中华民族走向共荣未来。

关于秋田制药公司的壮大历程，记载不多，但它对上海的社会贡献却满满十几页：秋田制药公司平均一年至少有十二次慈善项目捐款，并参与了不少上海市政项目建设，包括学校、医院、安防；此外还有造船业、纺织业，甚至人力车业都有秋田制药公司的投资。

一阵熟悉的脚步声响起。

高婕一脸懊丧冲进了华良的办公室并坐在沙发上："蓝色碎纸的线索有了些进展，是秋田制药公司的，但不确定现场到底是凶手还是丁桃和梅福服用。我想着找一瓶普救水来研究研究，好家伙，跑遍法租界药房，全没有。倒是普救丸，满大街广告都是。"

"虽说我不大相信，"华良低头思索道，"这什么普救丸、普救水能扯到碎尸案，可就目前的线索而言，唯一跟外界有牵连的证物，只有这糊掉的碎纸了。"之后，他又瞥了一眼那堆被血水染过而发黑发臭的证据。

"说起来，我好像记得父亲之前提到过，莫氏银行会派专员去参加这个什么发布会。那我正好去走一趟，考察考察。看来这次破案还是要靠我了啊！"莫天得意地抖了抖宣传单。

"那就要仰仗你了，神探。"华良笑笑，"就是万一秋田制药公司真和'人屠'有什么关系，你可要小心别被盯上了。到时候我没法向莫叔叔交代。"

十

上海人力车职业工会。

黑色警车和摩托一前一后停在了门前。

华良之所以来到这里，是因为在数份关于丁桃与梅福的走访报告中，他发现了一条微不足道却不同寻常的记录：据梅福的工友称，梅福每周日会乘坐电车去工会。

莫天跟在华良身后一齐走进工会大厅，他的眉眼间浮起习惯性的轻佻："华探长不要太小瞧人了，黄包车夫偶尔乘一回电车,也不算什么奇怪的事吧。"

"神探,你对穷苦人的生活可一点儿不了解啊。咱们算一笔账:从梅福家到工会不到一英里,但电车车费是两分钱,你觉得对于收入八元的梅福来说,会不会每个月白让半斤猪肉从钱袋子里溜走?更别忘了,他得供着大烟那根老祖宗呢。"

说话间,穿着灰色格子西装、头戴绅士帽的朱会长已经迎出来接待他们。

朱会长证实了华良的猜测,他之所以记得此事,就是因为梅福是个相当节俭的人,而工会距离梅福家并不远。更别说,梅福作为人力车夫,曾经对电车抢生意颇有微词。

在朱会长渐入中年的模糊记忆中,梅福是从某个夏天开始有每周末乘坐电车的习惯的。

据朱会长的说法,梅福有着人力车夫通有的懦弱性格,平日每跟别人有争执第一时间都是低头赔不是。在车夫群体里,他是不善说话的,原因大概也在他那浓厚的腔音,有车夫说是福州腔。"哎,说起来也是,"朱会长叹一口气,"梅福近来变得古怪了些,有时暴躁,有时整个人愣在那儿半天,咱们也猜他抽大烟了,可他是铁公鸡过日子,哪来钱财抽大烟?"

"您说的变化,具体是多久前?"华良问。

"一年前。"

华良思忖,也就是说梅福大约在一年前开始吸毒,又问,这一年来梅福在生活上有什么变化,朱会长想了许久,犹疑地摇头。

朱会长伤感地笑了笑，他想起过往的情景：关于梅福最深的印象全在他坐电车的事儿上。每次他从电车上下来时，车夫们都笑他"过上好日子啦"，他受不住这些有关钱的玩笑，便嘟哝道："这不，找个电车售票员做老婆呢，你们要不要？"一来二去，他们都把梅福的说法当真。毕竟，那电车售票员谁都见过，是个相当标致的小妞，脸颊一侧有个漂亮的梨涡，伶牙俐齿，远远便能听见她与乘客攀谈的大嗓门。再说，别看他们天天抱怨电车抢生意，在大伙儿眼里，找个电车售票员做老婆是极为幸福的，天天坐免费电车呢。

电车售票员！一幅《地狱草纸》浮现在华良眼前，华良和莫天同时脱口而出："几路电车？"

朱会长说："这还用说……能有几路电车到工会门口？只有第4路啊。"

果然如此。

无数断裂的碎片在华良脑海中汇聚。生活在不同的街区，从事着不同的工作，从相貌到年龄无一相似，按理来说，丁桃和梅福的生活轨迹似乎永远不会有交叉点。而此刻，两个截然不同的死者，被横贯上海天空的电车轨道联结在了一起。

当当当。电车的摇铃声远远传来，带着尖锐而凛冽的破风之音。门外熙熙攘攘的行人中开始分出一条道路。华良戴上帽子，看向莫天："公子哥，介意坐一回电车吗？"

绿色车厢外"大众可坐，稳快价廉"的标语清晰可见，候车的乘客挥挥手，车便停止，等待如云的人潮蜂拥至车厢门口。

华良与莫天随人群登上电车，此时售票员已换成了一个青年男子。华良心中有些恍惚，如果不是遭遇不测，站在这里的应该还是那个笑涡浅浅的女孩。

环顾车厢，乘客斜倚在木长椅上，气定神闲地望着窗外的风景。电车司机站在操作台前，每到人群扰攘的地界，他便踩动脚下那个直径两寸的铜钉，当当的声音瞬间随风飘散。

莫天对这个铜钉很感兴趣，此刻他突然发现当个电车司机是件威风的事，如果能拥有一辆电车，岂不是比摩托还要神气。

华良站在电车司机身边。电车司机个子不算高，看上去约莫四十岁，白色的短袖工作服衬得肤色黝黑了几分。他直着腰板站在驾驶位上，偶尔拿起旁边的军用水壶喝几口水，遇上迎面开来的电车时，他不忘向同事招呼两句。华良看得出那军用水壶有些年代，便搭话道："师傅，当过兵？"电车司机点头笑了笑，不怎么有说话的意愿。

男售票员走来提醒乘客买票。逼仄的电车里乘客们都把钱伸向男售票员，男售票员逐一接过那些手中的钱，嘴里不停念算找零的数额，显然还未适应这份工。

"后门后门！刚上来两个……"电车司机说，男售票员愣了愣，又穿过人群往后头去。电车司机摇了摇头："笨。"

华良说:"还是丁桃干这活儿利索吧。"

电车司机往华良脸上看了一眼,有些神不守舍说:"你认识丁桃?"

华良说:"不算认识,但多少熟悉一些。"莫天出示巡捕房证件:"咱们是巡捕房的神探,有些事来请师傅您解答几句。"

司机师傅外号老吹,和丁桃在这辆第4路电车上可谓是老搭档了。他说丁桃在上海没什么亲戚,但人很好,要不是出了那事儿,没准撮合她跟自己表弟成个亲。

老吹和华良两人很快熟络起来,莫天便问老吹,记不记得每周日有个黄包车夫来坐车。说着,莫天从西装口袋中掏出一张梅福的黑白照,那是梅福八九年前的样子了。

老吹余光瞥一眼照片,笃定地说,电车每天人来人往,他哪里会认得清楚有哪些乘客。然而几秒之间,老吹的注意力又落在照片那模糊的五官上,眯眼仔细看了看,重又注视电车前方,结结巴巴地说:"这个倒有些印象,也算遇到的怪客一个。"

做电车司机这些年,老吹听过不少光怪陆离的人事——偷鸡摸狗的小偷扒手,无赖撒野的赌徒酒鬼,装疯卖傻的滑头小人,这都是同事之间的谈料。可在老吹的电车里,却没有过这样的疾风骤雨,顶多只是有过几个怪客做出些不可理解的行径罢了。

老吹记忆中的第一个"怪客",是在燥热而烦扰的夏天正午出现的。那天阳光无比强烈,照得路面上升起丝丝白汽。

正是午休时间，车厢中空无一人。老吹的第4路电车行至偏僻处，见到路边一个身穿黑色旗袍的女子立在路边，远远朝他招手。纸伞遮住了她的面容，只有发髻上的青丝垂在耳边。

女子上了车，老吹闻到身边的空气中顿时充满了奇异而阴湿的花香。热气蒸腾，视野中所有的事物都显得扭曲而虚幻。明明是大中午，老吹背上却不由自主地升起一丝寒意。

老吹不禁想起乡间那些虚无缥缈的传言，正午是生魂游荡的时间。在头七之内的正午时分，心结未了的死者会回到在世时常去的地方。想念逝去亲友的人们会在午时三刻特意前往那些阴晦之地，只为了和逝者见上一面。只不过他们见到的不是生人，而是生魂。

于是老吹低声问丁桃，有没有听说过，正午是阴气最重的时候。丁桃正发瞌睡，笑话老吹是鬼故事看多了。

老吹稍稍安心，却见到旗袍女子坐在了一个奇怪的位置上。那个位置是电车引擎附近，一到夏天，那个角落就炎热不堪。因此几乎所有乘客都会避开这个倒霉的座位，即使车上已经站满了人，这里也总是空着的，谁也耐不住那股热气。后来，旗袍女子成了第4路电车的常客，老吹也终于确定了她不是鬼而是人，并且是个美人。只是雷打不动，她永远只坐那个无人问津的座位。也是从那开始，除了旗袍女子，还有两个人每次上车都只坐那个位置，其中一人便是梅福。老吹之所以对梅福有印象，是因为他脖子上的汗巾总是散发着浓烈的酸臭味。华良和莫天对视一眼，华良捧着下巴思索起来。"老吹，能说说另一个人有什么特征吗？"莫天紧追不放。

"这个嘛，那男人我实在没怎么关注，如果见到他本人或许还能认出。"

"旗袍女子呢？"

"至于那女人……嘿嘿，我去过月宫舞厅白相白相（方言，戏耍），那儿的味道，和旗袍女人身上的一模一样。"老吹得意地说道。老吹对莫天谈起那次去月宫舞厅的经历来，华良钻过密密麻麻的乘客，走到老吹口中奇怪的座位。确实如老吹所说，炎炎夏日，别说坐下去，即便站着也感到座位底下的电机箱散发出那股逼人的炎热。坐在这个角落显而易见是种煎熬。

华良还未行动，只见莫天忽然看向这边，也不顾正在说话的老吹，迅速穿过车厢，一屁股坐在了华良眼前的位置上。

"华生，重要的步骤先让我来，不是每个侦探啊，都能从受害人的角度发现……"莫天一脸高深莫测，向华良讲述神探的推理之道。

"所以，神探，您发现什么了吗？"华良问道。

莫天说："我觉得热，不对……太热了，我屁股都要烧起来了。"

说着莫天跳了起来，白净的脸烧起两朵红云。

华良打趣道:"神探啊神探,你要弄明白凶手的意图,总不能先找个人开荤吧?"

说着,华良蹲了下来,对那座位的四周审察一番,向车厢顶上望一眼,最后伸手在底下摸索。不一会儿,他感觉摸到了电机箱一处位置有异样的凸起。拨开铁片后,电机箱内侧出现一小方暗格,暗格内干净无染,可附近的部件都积了些油渍和灰尘。

"这暗格,怕不是他们交易毒品的地方吧。"莫天说,却得不到华良的回应。

华良猜想,如果一个人坐在这位置上,只要轻微侧着身子,单手就能拨开铁片往暗格放东西,只要动作不大,一般引不起周边人的注意。他面无表情地坐下去,由于电机箱的缘故,这个座位比其他的高出些许,当华良正视前方时,目光正对上了老吹的位置,只见电车司机位旁边栏杆上挂着一只碎花腰包、一本签到簿和一个急救箱,那腰包显然不是男用的样式。

莫天站在旁边做着鬼脸,在等华良受不住那股火热也跳起来。可华良转过脸来向他使眼色,他顺着华良的视线看去,也发现了那只腰包。

莫天回到和老吹闲谈的位置,说:"老吹,这个腰包?"老吹瞥见莫天走来,脸上有些不悦,说:"我方才正要给你讲这事儿,你们倒走开了。那是丁桃的包,她平时都带着,出事前一晚挂在那没取走。她这一出事儿,咱们也没敢取下来,你说我迷信也好……"

"没取走……"华良心想，腰包对于售票员来说是从不离身的，即便下了工也不能由司机看管，万一因此票据跟现金有出入，可得丁桃来负责任。丁桃把腰包挂在那儿，很可能是想让坐在这个位置的人看见，以暗示自己出了些状况。

电车走街串巷，从开阔的大街奔驰而过，上海的街景就是这样渐次从窗外划过。有人利用了这列贯穿东西的列车，将它变成了连接许多人生命的流动的空间。在这个空间里，一定有某种不为人知的变化在暗中发生，如同随风潜入夜的春雨。

华良突然想到，如果……如果整个上海滩的电车都像这辆电车一样是某次地下交易的中转站，它们合并在一起，就是一个覆盖上海全境的庞大网络。又或者，不只是电车，还有商店、流动摊贩、人们的住所……

"人屠"案也许只是这个隐藏在黑暗中的庞大网络露出的一角，顺着这个角掀起整块黑暗的罩布，说不定将揭开上海滩久久隐藏在现世之下的另一副狰狞骇人的面目。

回到巡捕房，华良将碎花腰包中的物品取出。

他注意到一沓纸币中夹着一张纸条，上面写着日期，正是丁桃被杀的那天。而纸条的内容令华良吃了一惊，竟然是上海军区内部的地形与军备数据。

"难道丁桃真正的身份并不是售票员，而是军方的人？"莫天疑惑道，要是这样，事情牵涉到的范围可就更广了。

"神探,在电车里当售票员的军方人员,你觉得会碰毒品吗?"

莫天思路一转,从容地说:"你的意思是,丁桃和梅福靠卖情报换毒品?"莫天咋舌。

"起来吧,往月宫舞厅跑一趟。"华良眼中燃起了熠熠神采。莫天知道,这说明华良已经越来越接近真相。

只有这时,这个如深山般沉默的男人才会如同压抑已久的火山,爆发出令人惊叹的热情。

十一

月宫舞厅。

夜晚的欢乐场在白天显得冷清而疲倦,褪去了衣香鬓影的摇晃,神秘与诱惑的光晕被侵吞得消失殆尽。眼前只是一间普通的舞厅,舞小姐们还未现身,酒保懒散地在柜台后整理物件,等待华灯初上的时刻。

刚一进门,阴冷而馥郁的月桂花香已经侵袭而来。

"看来,我们没走错地方。"华良眯起眼睛。

"怎么,华探长,您想邀请我跳支舞吗?"莫天跟着屋内流淌出的音乐,做了一个交际舞的起始动作。

而酒保提醒他们,还没到开门时间。

"喷,别太扫兴。"莫天倚在吧台上,亮明巡捕房巡捕的身份。

酒保擦拭酒杯的双手出现了短暂的停顿，他以探询的目光打量莫天，而后者皱了皱眉，语气中显露出不耐烦的味道："怎么，不够吗？"

说着，莫天又取出一枚银元，强硬地塞进了他的衣袋中。

酒保的眼珠子在眼眶里打转，瞳孔聚焦在深灰马甲的口袋中，那枚银元沉甸甸地往下坠，难以置信这是片刻前无缘无故入囊的小费。他挂起讨好的笑容："谢谢老板。只是想找舞女跳舞的话，不必这么破费。"

莫天装出一副舞场老手的样子："舞呢，就不得空去跳了，舞女倒是要找的。"

酒保点点头，抬手将留声机的唱针抬起，换了一张唱片后，再把唱针压入了沟槽中，柔情蜜意的人声随之续上了先前单纯的乐声。音乐飘荡在四周的空气中，轻轻盖过了吧台处三人之间的对话。

"二位想打听谁呢？"

"我听说，你们月宫舞厅有一个常穿着暗色旗袍的女人？"华良低声道。

酒保的头望向吧台另一边，那是一条逼仄的走廊，廊道顶上挂着四盏水晶灯，却只亮着一个灯泡。走廊两旁各有六间包厢，尽头处是往右拐的通道。这会儿，间或有几个穿着便衣、头发蓬松、没化妆的年轻女子从那儿进进出出。那条走廊，是每个夜里月宫舞厅所有舞女出来迎接上海彻夜浮华的通道,此刻,它在酒保的脑海中恢复了昨夜的声色犬马,一个个舞女走出来,红的高筒旗袍,蓝的短裙,白的西式长裙,青黄不接的改良旗袍,唯有一个确实穿着暗色旗袍。

酒保一副了然的神情:"是有几个穿暗色旗袍的舞女,可晚上穿着白天出门也穿着的,倒只有一位,是跳舞的教习,花名叫柳烟。"

根据酒保的话,华良大致明白了柳烟的身世。说来唏嘘,柳烟年轻时曾是月宫舞厅红极一时的人物,当青春不再,她选择嫁给了一个南方来的小商人,从此离开了舞厅。大家都称赞柳烟的急流勇退,谁知道几年后她的丈夫不幸早亡,兜兜转转,柳烟还是回到了月宫舞厅。她年纪稍长,已经不再接待客人,平时住在舞厅的后院中,教新来的年轻舞女们跳舞、唱歌,以及怎么施点巧计,让客人心甘情愿掏钱买昂贵的洋酒。平时对姑娘们的生活之事多有关照,帮助许多初来乍到的姑娘在上海安身立命,故而月宫舞厅内上至老板下到舞女都十分仰仗她。

"那么,柳烟的真名叫什么?"华良以指节叩了叩吧台的桌面。

"姓张,叫张旦吧?不太记得,舞厅这里不叫真名。"酒保说。

一丝灵光闪过华良的记忆,他似乎见过这名字。但来不及思索,便被莫天的话打断了,莫天说:"柳烟现在在哪,你知道吗?"

酒保迟疑道:"那您可来着了,这一整天都不见柳烟的影子。我们老板也正找她呢,原本说好今天带几个新的姑娘来,叫她物色物色,谁知过了钟点还不见人影,到现在,还没个下落呢。"

"那你们最后一次见到柳烟是什么时候?"华良问道。

"舞厅的人都是晚睡晚起的,柳烟大约今天正午时起身,出门时还与我打了招呼,只是那之后她再也没有回来。"酒保回忆道。

"那么你见到她时,有没有发觉她有什么异样?"华良追问。

"这个倒也说不上,她平日里就性子较冷,没有事情时总是一个人独个儿待在房间里,想来守寡的女子总是这样的。只是有些奇怪,明明大中午才起来梳洗,倒觉得她没睡够似的,脸色不太好。"酒保叹了口气,半开玩笑道,"要是晚点再没消息,您不来找我们,我们也得去巡捕房找您。"

莫天失笑:"这么说,月宫舞厅算有失踪案了。现在,麻烦你带我们去柳烟的房间搜查一番吧。"

月宫舞厅与黑白两道多有来往,要在鱼龙混杂之地长久经营,必然多的是说不清道不明的暗中龃龉,岂能容许两个巡捕深入搜查。

酒保面露难色:"舞厅的规矩,想来两位也是知道的。更何况我一个酒保,拿不起这主意啊。"莫天正要伸手往钱袋子里掏银元,华良急促说道:"我们最近在查的正是'人屠'的案子，据现在的线索，柳烟很可能成为下一个受害人。为了她的生命安全，我们必须找到她的去向。"

莫天突然领会华良的意思，把手肘靠在吧台上，阴阳怪气地说："对，你说柳烟失踪半天，按我巡捕房神探的精准推算，她很可能已经被抓走了。'人屠'你知道吧？碎尸，放血，凶手会先把受害人禁锢在屋里吊起来，折磨到死……"

酒保神色凝重，低头继续擦拭酒器。华良直勾勾看着他："这样吧，回头巡捕房给你们老板个说法，绝不难为你；另外，我身边这位是莫氏银行的公子哥，他来给你担保，这次调查要是舞厅出了岔子，责任尽管算到他身上。"

莫天拍了拍胸口："担保就担保。"说着，他还是递出了指间的一枚银元。

进入后院中柳烟的房间，一股幽微而奇异的药香钻进了华良的鼻翼，勾起了他并不遥远的记忆：在丁桃那简陋的浴室中，他也曾闻到同样的味道。

环顾房间内，只有一桌一椅一床而已，极尽简朴，却十分整洁。华良走到桌前，只见墙上贴着柳烟的几张生活照，桌面上摆放着一部收音机和一只首饰盒。盒内仅有几件造型简洁的金属发卡与发簪，可以看出柳烟平日朴素的生活作风。然而那发簪下却压着一张熟悉的广告纸，上面显眼的药瓶图案上写着的，不正是"普救丸"三个熟悉的字眼吗？

莫天将广告纸抽了出来，在两人眼前展开，只见右下角的两行小字被胭脂痕圈了出来："时间：四月十日晚六点。地点：大新百货一楼"。

莫天还未开口，只见华良已直起身来，将双手插进玄色哔叽的裤袋中，沉吟道："看来柳烟定是去了普救丸的发布会现场。"他看了看手表，时间正好将近下午四点，现在赶过去恰好来得及。

华良不再逗留，他向酒保索要了柳烟的一张照片，便拍拍莫天的肩膀。走之前，华良借用舞厅的电话打给高婕，和高婕简单说清了目前的情况，高婕那边也有了新线索："我托台湾的老同学打听秋田制药公司创始人的事情。你猜怎么着？医药行业里没一个叫黄九的企业家，这里头保准有馅儿。"话毕，高婕便决定去普救丸发布会现场一趟。华良挂上电话，两人疾步朝舞厅外走去。

此时街道上已有了暮色将至的迹象。

"看来这一趟，我们也非去不可啦。"莫天心中涌上一股久违的兴奋之感，他感到，他们似乎已经揪住了一团乱麻中的某个小线头。

华良望向远处低垂的云层，不知不觉，将嘴里大前门的过滤嘴咬碎了。他索性掰下那截碍眼的东西，直接将烟靠近嘴边吸了起来。

辛辣的烟气直冲喉咙，令华良的头脑清明了不少："真是讽刺啊，目前为止的死者都与秋田制药公司脱不开关系。走，我们去看看，普救普救，是不是真的在普救世人呢？"

十二

与传统商户不同,时兴的百货公司往往设置玻璃橱窗,展示各式各样的新产品。大新百货是其中的佼佼者,四周和走廊两旁一共设置了十余个橱窗,只要看上一眼便能立刻得知当下的流行:玻璃丝袜,旗袍大衩,长嘴香烟……宛若天堂般的繁盛景象,令处在并不明朗的时局下的人们竟生出一丝飘飘然之感。

秋田制药公司选择在大新百货举办药品发布会,二者可以说是相得益彰。大多数制药公司都是通过药店与洋行进行宣传发售,还从未有人想到过举办如此声势浩大的公开活动,且打出免费领药的名号,可谓噱头十足。

华良与莫天刚走进正门,便见到熟悉的身影出现在人群中,万年不变的衬衫马裤,瘦削高挑的个子,不是高婕还能是谁。三人会合,简明地交换了各自的情报,华良拿出柳烟的照片,给高婕看:"留意一下,这个叫柳烟的舞女。运气好的话,'人屠'的案子今晚就能破,倘若时运不济,保不准她是下一个受害人。"

会场设置在大楼东侧的游艺馆内。悬挂在四围墙壁上的普救丸海报映入眼帘,上面是熟悉的广告语:"有病服之,固能去病;无病服之,益加精神"。秋田制药公司的接待人员分列在入口处，笑容可掬，面对前来参观的顾客们连连躬身致意，分发小册子与参观图。

一派祥和欢畅的光景。

几个青年学生打扮的男女从高婕身侧行过，面对眼前的景象不禁发出感叹："诸君，我国科学落后，中药遭到天演之淘汰。可见一味泥古守旧是不成的，秋田制药公司致力于引进先进技术，这才是正确的方向啊。"

高婕瞅了瞅他们书生意气的模样，转头向华良嘉许道："这倒让我想起当初学医的时候，身边有不少留学生都抱着同样的志向。"

"人人都想治好还活在世上的人，你倒是对死者情有独钟。"华良开玩笑道。

"神探，话可不是这么说。行医用药是救人，从尸体上寻找蛛丝马迹难道就不是救人啦？"

"是是，法医说得在理。"莫天说，"全仗着您那把柳叶刀，别说尸体，即便化成了灰，死了的人没一个不会开口说话的。"

"我不单让死人说话，让活人闭嘴也很在行。"高婕瞪了瞪莫天。莫天笑嘻嘻，但心里一阵发毛，往后退了几步。

秋田制药公司的新品发布会现场就在眼前，华良打住玩笑，叮嘱两人在现场时定要寻找柳烟的下落，同时务必留意周边的环境，只要是看起来像当过舞女的，一个也不能放过。

入场后，只见正前方是一仿西洋剧场式的舞台，台下设置有观众席，前两排的椅子比其他椅子要大气而精致些，椅背上贴着"贵宾席留座"的红纸条，其中一张写着"莫氏银行"。落座的人只有寥寥少数，其他大多数顾客都在场内往来参观。会场占地面积极广，穹顶空阔，观众席外的区域被划分为几处不同的展示区，布置有不少有关药品研发的体验活动，还有各种针剂、成药的展示，犹如小型博览会，引得顾客争相引颈观看。身穿西式套裙的秋田制药公司女职员在其间穿梭，向好奇的顾客讲解各种西洋医学原理。她们个个青春靓丽，口齿伶俐，举止大方干练，迅速获得了人们的一致赞叹。

此情此景与会场内遍布的"科学提炼，改良古方"等醒目标语相互辉映，无不彰显出秋田制药公司专研现代医学的决心与气魄。

华良、莫天与高婕分头走向三个不同的方向，在人头攒动的人群中寻找名叫柳烟的神秘女子。

穿梭在人群之间，华良忽而发觉，不知从何时起，那股阴冷而馥郁的月桂香味开始萦绕在自己的鼻尖。然而将眼光掠过四周，并不见有与柳烟形貌相似的女子，倒是撞上了差点被人群挤得趔趄的莫天，莫天揉了揉鼻子："这些粗人实在太没礼貌了，刚才不知是哪个小瘪三撞的老子。"

"莫天，你有没有闻到月宫舞厅的桂花味？"华良问道。

莫天怔了怔："难怪，我的鼻子有些痒，特别是刚才那人撞我时，可看背影那应当是个男子。"

"柳烟大概已经在人群里面了。"华良沉吟片刻。他思考着，柳烟出现在这样的环境里是不是太危险了。如果她真是第4路电车上交易毒品的人之一，无疑应该预料到巡捕房在追踪这件事，并会很快就追踪到她身上。除非，秋田制药公司是她的保护伞……此时展览区忽然人声沸腾了起来，引得华良三人同时朝一个方向望去，他们的目光于半空中交会。原来是葛诚勇博士出现在场内巡视，只见他一双黑目，两道浓眉，面容挺秀而庄重，一副玳瑁细边眼镜架在鼻梁上，仿佛显示着其人深沉的智慧，与广告画中的形象别无二致。

华良三人对视一眼，随即都以微小的弧度摇了摇头，目前尚无人找到柳烟的踪迹。于是他们朝葛诚勇驻足的展示台走去，莫天旁若无人，率先走到了围观人群的最前排。

葛诚勇面上挂着恰到好处的和蔼笑容，向观众介绍台上的装置。

展示台上放着一只玻璃箱。箱内湿润的沙子中间无数蚂蚁穿行来去，如同喧闹都市中的人群涌动。这座蚂蚁城堡的内部无比复杂，恐怕谁也说不清这些沟壑究竟是如何纵横交错，蚂蚁们又是沿着什么轨迹而奔波忙碌。

高婕赞叹："真漂亮。"

看到蚁穴的结构，高婕不由自主地想起了人体的构造，它们都是那么精细而巧妙。

而莫天已经灰溜溜地缩起了脖子，他害怕过于密集的东西，眼前沙堆般蚂蚁反复聚散形成的图案令他毛骨悚然。

葛诚勇的目光扫过眼前的观众，华良似乎感到，当葛诚勇的视线接触到自己的脸孔时,出现了短短数秒的停滞。华良不知道这是否只是错觉,又或者,葛诚勇已经认出了他,毕竟那期倒霉的报道刊载后,人人都知道了这回事。

葛诚勇微笑着向台下点点头,然后径直走到了蚁穴边,宽大的眼皮微微合拢,目光变得格外犀利:"人类得以从万千生物中脱颖而出,正是得益于我们所具有的社会性。"

他的语调如同吟唱一般,专注而舒缓,时而看着玻璃箱中的蚂蚁,时而注视着虚空中某个并不存在的点:"蚂蚁的社会性与人的社会性不同,蚂蚁社会中的个体具有高度的组织性和奉献精神。我把它们放在这个陌生的玻璃容器中,它们开始分化出蚁后、雄蚁、工蚁和兵蚁,各司其职,将一堆沙子构筑成了它们的家园。自然生物真是奇妙啊……"

华良总觉得葛诚勇的神情似曾相识,过了一会,他反应过来,类似的神情他在高婕脸上曾经见过。不知道那是否是医生所特有的一种表情,既慈悲又冷酷,散发出游走在生死交界处的矛盾之感。

"普救丸是以神经科学研究为基础研制的保健药。以我个人的愚见,蚂蚁社会和人体神经何其相似,谁能否认,这个蚂蚁城堡事实上可以视作一个整体?"随即,葛诚勇将话题引到了秋田制药公司,"这也正是秋田制药公司的精神,为了向大众提供疗效确切、安全可靠的药品,我们的每位员工就如同蚂蚁一般,各司其职,以高度职业化的精神投入自己所负责的领域。这种企业精神,正是保障秋田制药公司高速运转的核心所在。"

　　台下的观众纷纷鼓掌。临近发布会开始,身边的女职员小声提醒,葛诚勇以打趣的口吻结束了演说:"可以说,秋田制药公司的宗旨便是'半为慈善半营生'了……"说着便匆匆离去,消失在后台的入口处。

　　华良沉默了一会,微眯起眼睛,紧接着,他恢复了如常的神色:"走吧,快开场了,我们先去入座,不要引起他人注意。"

　　莫天点头答应,搂住华良与高婕向观众席走去,语气中洋溢着欠揍的得意。

　　莫氏银行派来的专员也进场了,看起来至少有四十岁了,一颗寸草不生的脑袋,一身浅灰色格子西装,浑圆凸出的肚腩被皮带横穿而过,像极了一枚西洋不倒翁。

　　莫氏专员正跟在场的宾客打照面,忽然不远处出现的一张脸孔吓得他浑身虚汗,他毕恭毕敬地来到莫天面前,说:"莫少爷,您……?"专员的举动使附近的人都看向这边来。

　　莫天才反应过来,为了不引人注意,他想也没想就和莫氏专员相拥而抱,说:"哎哟,老朋友老朋友,别来无恙啊?"莫氏专员更不知所措了,心里盘算着:少爷这是在演哪出啊,怕是又拿他开什么古怪玩笑了。

　　等周边的眼光陆续散开,莫天凑到莫氏专员耳边说:"哎,听着,不许叫我少爷。我今天是来查案的,你坐你的贵宾席,可别动不动就往我这……"

无间

"明白明白，少爷，"莫氏专员悄声，"可您还是坐到贵宾席去吧，我，要是让老爷知道我让您挤在人堆里看，我……"

"得了，我求你了。"

"噢，不不不！"莫氏专员说，"少爷，我按您的意思做就是。"

莫天拍拍莫氏专员的肩背，两人分开。莫氏专员的光头似乎冒着水汽，双手不断整理领口，说："别来无恙啊，别来无恙。"

莫天倒是气定神闲地介绍他的两个朋友，莫氏专员一边听，一边说"是，是"。

华良向莫天投了个赞许的眼神，对莫氏专员道："莫氏银行代表，您好，咱们几个外行人，对秋田制药公司实在不了解，往后有空，得向您请教。"

莫氏专员纵是百般紧张，但听到客套话还是不忘娴熟地回应："请教说不上，说不上，倒是这现场人多事杂，要是有什么能让我这个小专员帮上忙的，尽管开口就是。"

"一定一定，到时还要拜托您了。"

"客气，客气。"莫氏专员向华良点头，同时收到莫天眼神的示意，便自个儿回贵宾席去了。高婕忍不住对华良笑起来，说："没想到啊，人模狗样的礼节你真还有一套呢。"

华良耸耸肩，浅吸一口气，走进人群中去。五光十色的彩灯映射到大理石地板上，在偌大的空间中交织成一张虚幻的网。

十三

台上开始播放开场的音乐,主持人登上了舞台。他自称"眯牵眼",这是上海话中眯缝眼之意。果然,观众看他一双小眼睛,睁也睁不开的模样,当下大笑,会场内的气氛随之活跃了起来。

莫天望着舞台,实则将大部分注意力都放在了列队在一旁的秋田制药公司警卫身上,因为从他们彼此交换的眼神中,莫天嗅到了一丝熟悉的气息,空气中似乎弥漫着某种焦灼与危机。他习惯性地看向身边的华良与高婕,却见到两人神色自若。华良专心地听着主持人的俏皮话,一副津津有味的模样。主持人向观众做了一番秋田制药公司发展的回顾之后,便公示接下来公司对上海市政建设方面最新的投资。当大部分平民百姓听得要瞌睡时,主持人突然对着扩音器喊出一句响亮的口号:"秋田制药公司的宗旨,便是带领中华民族走向共荣未来!"声音在会场四周反复回荡,久久不能散尽。

莫天耐不住气:"华生,发布会快过去一半了,你说怎么一点动静都没有?"

华良和其他观众一齐鼓起掌来,眼睛并未看向莫天:"神探,别着急。你总不会觉得,柳烟会自己跳到台上来给我们发现吧?"

高婕警觉地望向前方,瞳孔却没有聚焦在台上,她的感官仿佛变成了章鱼的触角,无限向四处探索。

发布会的高潮终于到来,主持人"眯牵眼"朗声介绍道:"让我们欢迎秋田制药公司药物研发部部长葛诚勇教授,带领他的科研小组,一起上台,为我们揭开普救丸的奥秘!"

高婕取出街边派发的普救丸广告纸,它似乎早就把三人的黑白照片带到了上海所有弄堂的门户前。据上面的信息,三人分别叫叶友、孔心、张天才,他们是葛诚勇实验室的核心人物,也是秋田制药公司研发人员中的铁三角。

华良朝台上看去,一一辨认高婕口中吐出的那些名字。

科研小组的组长名叫张天才,是日本留学归来的精英学者。他戴一副细边眼镜,脊背笔挺,站在另外两人身前,给人以一种恃才傲物的印象。

叶友嘴唇紧闭,看上去不爱说话,只有轮到他讲解时,他才会挥动手臂,脸上激动得放出光彩来。

"一定是个书呆子。"莫天评价道。对于这种死板的人,莫天从学生时代起就不感兴趣,于是他将目光转向了孔心。

台上唯一的女孩。

她姿容出众,身段窈窕,明艳的脸上笑容妩媚。虽身着与同僚式样相同的实验服,但一头波浪般汹涌的长卷发盘在脑后,洋味十足。

莫天嘴角扯出一线轻浮的笑容:"这可比上海滩某些社

交之花强多了。"

葛诚勇立在一旁，看着手下的三人分别演示秋田制药公司独创的浓缩浸膏丸制作技术。像葛诚勇所介绍的一样，秋田制药公司使用传统中医古方的配伍为基础而研发出了普救丸，力图改变人们对于国药枯枝杂草式的印象，采用乙醇渗漉浓缩工艺，将原料药材制成蜜丸与水丸。

"……秋田制药公司集合了德国的工艺、日本引进的设备，以及欧美游学归来的技术人才。"葛诚勇温和浑厚的嗓音仍通过话筒飘散在整个会场，"普救丸是在此基础上创制的新式保健药，可以增强体能和记忆力，男女老幼皆可服用。有病服之，固能去病；无病服之，益加精神。"

话音未落，由人群组成的海平面上掀起了意料之外的波澜。

如同一匹绸缎被利刃从中划开，身着团花旗袍的女子冲破了人群的包围，在警卫们还未反应过来之前，从观众席中一跃而起，登上了舞台。只见她推开主持人站在话筒前。

她脑后挽着简单的发髻，鬓边垂下一丝乌发，令华良立刻想到了黑白照片上的女子。

华良和莫天随即站起来，"……柳烟？"莫天简直看傻眼了。

柳烟清丽的侧脸此刻染上了一层阴郁，如同一朵美丽却带着倦意的隔夜牡丹，她孤凄地喊出一声："都是骗人的，他们的药有问题——"

伴随着刺耳的电流声,话筒失去了声音。已经有警卫冲到舞台一侧拔断了话筒的电源,其他警卫从台侧一拥而上,气势汹汹朝柳烟扑过去。两个为首的精壮男子从左右接近,试图钳制柳烟的双手,不料柳烟敏捷地拧身挣脱了两人的包围,往舞台另一侧退了几步。只见她面露凄惶,边躲避边用力向台下挥舞双手,擅于舞蹈的手臂在空中舒展,充满了极具力量的美感。

舞台上场面十分混乱,葛诚勇被科研小组三人护着退在远离后台入口的角落。这舞台颇为高峻,使人进退两难。

观众们面面相觑,议论纷纷,有人直呼倒霉,怎么就赶巧碰上了这个捣乱的女人,也有人看热闹不嫌事大,饶有趣味地抱着手臂,脸上尽是看好戏的表情。

莫天正想拨开人群冲上台面,他想到柳烟是两宗碎尸案的唯一线索了,这会她上去捣乱,也不知道会出什么岔子。华良摁住了他的肩膀,眼神坚定地注视前方,摇了摇头。莫天说:"这是……最重要的线索啊!"华良镇静地说:"我知道,先不要冲动。"

高婕这时凑到莫天耳边,嘴唇漫出冷冷的水气一般说:"刚刚有几个人,从前排伏着身子钻到后头去了,这堆人不全是善男信女。"莫天看向华良,华良肯定了高婕的说法,让莫天继续看这场"大戏"。

此时警卫已经悉数上台,将柳烟团团围住。被逼至角落的柳烟从衣内取出一把精致的微型手枪,踉踉跄跄转着圈,逐一对准了四周的人。警卫们一时不敢贸然上前。

说时迟，那时快，张天才做出半蹲的姿势，向叶友和孔心打出两个手势，三人默契地把葛诚勇护在中间，然后以节奏统一的步伐撤退到桌子左侧。孔心是四人之中离观众最近的，她脸上毫无惧色，显然受过专业的撤退演练。

淡淡的疑惑蒙上了华良的心头。

此时华良敏锐地注意到，柳烟一手举枪，一手仍垂在身侧，洁白的胳膊不像有伤口，而一个女子在紧张之下不可能从容地单手握枪。他正想拨开人群看清柳烟在做什么，当柳烟将枪口从葛诚勇所藏身的方位移开时，看似柔媚的摩登女郎孔心猛然间脱下自己身上的外套，斜刺里攻向柳烟。只见她左右甩动衣物迷惑了柳烟的视线，同时，张天才也极其配合地从桌上取一根试管，往地上扔。柳烟听见玻璃爆裂声而迟疑的刹那，孔心猛扑过去，用衣物缠绕上那柄手枪的枪管，轻轻一卸，将手枪从柳烟手中夺下。

华良目睹了这一幕，他脱口而出："这不是，巡捕房的……"

柳烟失去了武器，警卫们迅速制服柳烟，强行将她拖着向后台走去。奇怪的是，柳烟挣扎了片刻，突然像泄气一般，垂下手臂不再反抗，嘴角似乎浮起了一丝释然的笑容。华良在混乱之中和柳烟对上了视线。柳烟很快收起笑意，眼帘也毫不犹豫地闭上，像要永久闭上似的。在她消失在会场之前，华良隐约看见一条绳子圈在柳烟身上，准确地说，是直接套在她脖颈上的。

葛诚勇恢复了冷静，在手下三人簇拥下挥手离场。

主持人反应迅速，忙出来打圆场："你说这碰瓷的人年年有，今年倒还特别多嘿……"观众并不买账，七嘴八舌的交头接耳之声充斥着整个会场。

此时一个穿戴整齐的男子在保镖簇拥下登上了舞台中央。主持人见状，赶紧灰溜溜地退场了。

男子高傲地仰着头，以略显阴郁的双眼，冷静沉着地扫视着全场观众。然而，从他眼眶肌肉的急剧收缩中可以看出，他是个性情直率而略显急躁的人。方才柳烟的意外现身显然给他造成了不小的压力。他就是秋田制药公司的社长陈正夫。

华良意识到此刻就是时机，他正要亮明身份去救柳烟，高婕倒是先站起来了："事有反常，你们以巡捕房的身份去找人，怕是会打草惊蛇，我去吧。"

"好。"华良点头应允，"小心行事。"

待高婕的身影混入人群消失不见，华良转向莫天说道："莫天，你留在这儿观察情况。我嘛，要去确认一件事。"

莫天不悦："我可不想在这里守株待兔，有什么事我们同去。"

华良无法，最终两人一同起身离开了座位。警卫忙于维护现场秩序，并没有多余的精力关注两个因不满现场的吵闹而皱眉离席的绅士。

坐在前排贵宾席的莫氏专员，虽然神情淡定地在等发布会恢复正常，可内心正为身后的骚乱感到焦灼。当他和旁座人交流时，看见莫天和华良在会场边缘走动，他掏出手帕擦了擦汗。

十四

通往后台的通道,除了舞台边的入口便是会场侧面的小门。方才柳烟引起的那阵骚乱,使这里原本的警卫布局被打乱了,过道之间偶尔闪过一两个警卫的身影,仿佛在追查什么。有两个警卫走过来,显然是回来把守通道的。高婕向他们走去,心想,既然都迎面撞上了,也只能想法子蒙混过去,便率先对警卫喊道:"哎,里头怎么回事啦?"

一个警卫打量高婕,道:"你是什么人?"

高婕掏出她的法医证,说自己是上海法租界一间诊所的法医,这次来秋田制药公司新品发布会,是受一位台湾人嘱托,来跟葛诚勇接应。说起来,她早年也是在台湾待过的,和葛诚勇他们一样。

两个警卫相互看一眼,再看向高婕,摇了摇头,双方僵持在那儿。高婕猜想自己露了马脚,正要想办法脱身,其中一个警卫说:"我去给您传个话吧,稍等。"他转身往回走,留下高婕和一个矮个子警卫在通道的尽头。

可那警卫没去多久,高婕留意到通道里不断有走动声,她隐约看见一件白大褂一闪而过,在转角处叫住警卫。由于灯光和角度的原因,她只知道白大褂和警卫谈了短短几句。警卫转过身来，对他的同伴喊话："让她进去吧。"矮个子警卫听到口令，便也重复道："进去吧。"

高婕一脸猜疑，她想不明白，秋田制药公司里是不是有巡捕房的人，但眼下她来不及考虑，她必须先去找柳烟。

会场后方原来是一条狭窄的走廊，走廊两边配备有后厨、休息室等内部房间。高婕无声地向前疾行，不时跟警卫和穿着白大褂的工作人员迎面而过。她警觉地嗅着周围的气息。趁附近没有人时，她便打开那些房间的门，寻找柳烟的踪迹。

此时一阵奇怪的声音传到了耳边，像是窗户缝中透出的呜呜的风声，压抑而可怖，断断续续，却始终没有消失，令人毛骨悚然。高婕闻声而去。由于这段过道两旁没有窗户，周围瞬间变得阴暗。她适应黑暗后，走向走廊尽头。那里只有一个房间，淡黄色的灯光从门帘四周透出，一个诡异的影子倒映在布帘之上，远望过去，如同一朵巨大而扭曲的玉兰花悬在空中飘荡。

奇怪的声音就越发清晰，如同跗骨之疽，紧贴在高婕的耳边。此时她终于意识到，这个声音，是从嗓子眼里发出的细微的呜咽。

是承受了巨大痛苦而又被堵住了嘴巴的人才会发出的如此艰涩的声音。

高婕疾步往前，想要窥视门帘后究竟发生了什么。当她渐渐靠近那房间时，不经意碰到了黑暗中的物件，物件之间碰撞发出了一阵清脆的叮当响,听起来是一排铁质衣架相互碰撞的声音。一股阴气袭上高婕的后脑,她蹲下身默不作声,祈祷该死的衣架尽快静止下来。可这一阵动静似乎已经惊动了房间里的人,方才的呜咽声像一条奄奄一息的鱼儿般沉入深不可测的海水中。高婕硬着头皮往后退,这下子惹起了更多衣架的声响。她顾不了太多,离开那个阴暗的房间后,装作无事,往来时的路去。她回忆着房间里绝望的声音,太熟悉了,是垂死的呜咽。要赶紧把华良和莫天叫来才行。

走廊的中央,一个人挡住高婕的去路。

高婕猛一抬头,脸上露出锋利的笑容,嘴角如解剖刀的寒芒。眼前这人不是别人,正是刚才一站在会场的台上便使全场气氛瞬间肃杀的陈正夫。高婕说:"幸会呵,这不是秋田制药公司的陈社长?"

陈正夫嘴角上扬,像看出些什么似的轻轻点头,手插在口袋里。高婕从对方那裤管侧面的轮廓判断,那是一把手枪。

"陈社长,咱们这是有什么误会?说到底,你们也只是来租场子,不见得有什么惊人机密。迷路走进来的观众,不至于得丢小命作代价吧。"高婕的笑越显僵硬了,她察觉到身后的脚步声,两个警卫从后头包抄而来。

高婕慢慢侧过身,以便同时观察前后两方,她面前是一扇门,但并不清楚那是一条死路还是逃生通道。无论如何,贸然逃脱不是明智之举。

陈正夫步步逼近，用冰冷的语气说："求生的人，我大大欣赏。不过，要看你有没有求生的本领了。"

"我死了没关系。但秋田制药公司新品发布会当天，死了人，这恐怕，对您秋田制药公司的名声不好吧？"高婕的背靠在冰一样触感的墙上，她的视线越过陈正夫的肩膀，离那不远便是走廊的出口。原先的两个警卫被替换了。

陈正夫离高婕只有七步，他站住了："我们谈谈？作为条件，我陈正夫保证你活着出去……"

突然，一声枪响，高婕闻声蹲下身子。狭窄的走廊没有任何掩体，她下意识跳进右手边的房间去。令她惊奇的是，她余光看见陈正夫也躲进了另一个房间里。枪声消失了，一阵骚乱，她听见陈正夫叫道："别射击，会惊动外头！追，往枪声响起的方向追！"

门外响起一阵急促的脚步声，正有更多警卫赶去。高婕连忙把门反锁，她在阴暗的房间中什么也看不见，但还是极力平复自己的情绪。她强迫自己安静下来思考着，如何从四通八达的会场里找到紧急出口……

在慌忙而激动的情绪中，高婕的后背忽然挨了一闷棍，便扑倒在杂乱的阴暗中。

十五

莫天倚在桌边百无聊赖。

刚才华良说他想确认一件事,结果径直走向了会场旁边正在整理表格的孔心。过一会儿,填写免费领药表格的环节就要开始了,孔心与几个女职员正在几张连缀成一排的桌子后做着最后的准备。

没想到华良竟然与孔心攀谈了起来。

随着主持人热烈而大声的宣告,会场内气氛陡变,会场中的人们纷纷起身,一个个摩拳擦掌,朝这边的桌子走来。申请环节正式开始了。

华良结束了假装无心的搭讪,他看了看表,高婕已经离开了半个时辰还未回转,恐怕是出了什么变故。回头正想寻找莫天,却发现不见人影,四下望了望,华良惊讶地看到莫天挤进了人群的最前排。

人群将堆满申请表的长桌围得水泄不通,几乎每一张脸上都洋溢着渴望与兴奋。乍一看,那似乎是极为单纯的渴望与兴奋,每个人都认为自己无疑能拿到秋田制药公司最新的普救丸,随着这颗普救丸通过他们的咽喉,落入肚子,化为血液的一部分,他们必定能变得更健康强壮,甚至似乎能长命百岁,活过世间一场又一场战争。可这种急迫的渴望与兴奋，随着他们拿到那张空白的申请表开始，越发变得张狂，那股欲望在他们的腿脚、手臂和并不光鲜的衣裳上放肆地爆发出来。他们相互推挤、抢夺，不惜撕破那张申请表也不让别人拿去填。只消片刻，场面变得十分混乱，不得不由警卫介入维持秩序。

华良拽住莫天的后领，将他拖出了拳脚交加的人堆，指了指高婕进去的通道。那里多了两个警卫。华良说："太久了，说不定高婕出了变故，咱们得进去一趟。"

莫天脸上闪过担心的表情，嘴上却不相信似的："哪能呢，以她的身手，十个壮汉也不能近身。"

拿着红色气球的小女孩站在人群外，她的妈妈已经冲进拥挤的人群之中。突然小女孩见到后门的门缝中露出一张人脸，只能见到窄窄的一部分，正位于自己眼前的高度。

转头看了看，妈妈的背影已经被人潮吞没。从其他人的角度，是几乎注意不到与幼童等高的这张脸的。

小女孩脸色格外苍白，看起来体质非常虚弱。手上留有艾灸形成的灼伤，还有一些旧针孔，像是四处求医问药留下的痕迹。而这些痕迹，会场中的几乎每个人身上多少都有一些。

小女孩看了看四周，并没有人注意到这边。

门缝中的陌生人朝她伸出手，小女孩愣了一会，才反应过来对方是在乞求她手中晶莹剔透的玻璃球。

她眯眼笑了起来，把其中一颗绿色玻璃球递给了门缝中的陌生人。那陌生人向女孩抛去两颗糖,示意女孩再递去一颗玻璃球。

当妈妈回过神,注意到女儿落入人群之中时,她赶紧拉着小女孩的手退回到会场的边缘。同一时间,陌生人手中的那颗绿色玻璃球从门缝中滑了出来,像颗活蹦乱跳的炮弹向远处滚去。玻璃球滑到了华良脚旁,将他的目光不由自主引向了门边。

拿着红色气球的小女孩正被妈妈抱着离开,她手中的几颗玻璃球流光溢彩。

华良听见喧闹之中传来一阵有节奏的声音,滴答——滴答——,渐变急促,直到完全伏归到喧闹中。有什么东西轻轻碰了碰华良的脚,俯看下去,见是一颗绿色玻璃球。他捡起来,同时以俯下的姿势,追寻玻璃球的来源。凌乱的人脚和椅脚中,华良发现,会场一侧那原本全部关闭严实的五扇门面,其中一扇门露出了门缝,门缝下有一颗玻璃球。

华良站起,向那门缝走去。他看见门缝里经过一些人,待他反应过来时,才意识到是四五个警卫,似乎拖着一个人。他箭步上前,警卫们眼看就消失在拐弯处了,在残余的印象中,他捕捉到被拖着的那人的双脚——是高婕的鞋,他几乎肯定,没错,是高婕。

当华良尝试推门进去,不知从哪钻出一个警卫鬼魅般向华良微微一笑,把他往外一推,门严严实实关上。

华良面色凝重，在莫天耳边低声道："高婕在里头出事了，快去找专员，让他出面交涉！"莫天大步流星绕过人群，走到前排贵宾席，向莫氏专员打了个手势。莫氏专员立马起身，踉跄地走到莫天面前。莫天在他耳边轻说两句，他毕恭毕敬地点头。

莫氏专员掏出手帕，擦了擦额头，稳步走向后门口。两名巡场警卫走上前来，将他一把拦下："先生请止步，这里面现在是秋田制药公司专用的工作空间，只有内部人员才可进入。"

莫氏专员从雪茄盒中抽出一根雪茄，点燃，说他是莫氏银行派来的代表，是秋田制药公司的老朋友。他来时带了一位女助手，半个小时前，女助手奉他的命令进去跟秋田制药公司的人交换文件，可还未见人。他怕这其间出什么误会，因而请求警卫帮忙把女助手找出来。他不愧是常年负责对外事务的，说起话来淳朴而又不失灵活，任谁也会相信他所说的话。

警卫客气地点点头："我帮您去看看。"

这时，莫天回到华良旁边，华良才告诉他，高婕被四五个警卫拖走了，说不定是昏迷状态。说着，华良便低声对莫氏专员说："专员先生，麻烦您去巡捕房报案吧，之后的状况，恐怕我们几个招架不住。"莫氏专员还没反应过来，茫然往商场外头跑去，那颗光头消失在人群中。

莫天听了华良的话，急得跳脚，顾不得方才莫氏专员慢条斯理交涉的那一套，直接冲到警卫面前，说："让我进去，我怀疑你们秋田制药公司有猫腻！"

警卫重复了先前的话语，但莫天哪管那么多："我是巡捕房神探莫天，我怀疑你们在里头杀人！立刻放我进去调查！"

"实在抱歉，我们秋田制药公司有专门的警卫人员，而且里头不可能发生命案……"

"闭嘴，这商场都是我家的！"莫天举起枪让警卫走开。

正在僵持之际，门内骤然响起一声隐约的枪响。华良嗅到危险的气息，伸手探入腰间，手指轻轻一转，将枪柄握在手掌当中。

"案情说来就来，让开。"华良冷冷地说道，"巡捕房查案！"莫天从衣袋内取出巡捕证在两名警卫面前扬了扬，轻蔑地乜斜眼睛，把他们推到墙边上。两人顿时神色紧张，不等他们反应，华良面色一凛，遽然踹开了面前的门，涌入的风将他的风衣高高扬起。华良与莫天并肩，端着枪大步走了进去。莫天踢开了离自己最近的一扇门，门边的人吓了一跳，转过身来，错手将手中尚未合上的一管试剂洒在了工作人员的皮肤上。

原来这人是叶友。这里是药物研发部人员暂时休息的房间。叶友笨手笨脚，掏出手帕擦拭着两人身上的试剂。蓝色的荧光剂沾上皮肤极难擦去，甚至连自己都沾上了，他只好红着脸赔笑。

莫天喊道："你们把柳烟带去哪了？你，说！"他举枪对着叶友。

室内的沙发上坐着张天才和孔心,他们倒没有被莫天吓到,反而镇定地开起叶友的玩笑。张天才说:"叶友你这家伙,隔三岔五往人肉上弄药水,前几天还把硫酸搞到自己皮肤上。是要研发下一代新品吗?做成'普救肉'怎么样?"

孔心一副轻蔑的样子看着张天才,说:"那可糟糕,叶友成了'普救肉',您恐怕再没给葛主管效力的能耐了吧?"

张天才怒视着孔心。

叶友向那皮肤发着荧光的工作人员连连道歉,一边仍努力擦拭,动作之间,无意间露出右臂一大片灼烧的伤迹。

房间里的气氛使莫天感到羞怒,他往天花板开了两枪,三人依然无动于衷。莫天随即想起这任先前保护葛诚勇的从容表现,只好愤懑离去。

华良站在昏黄的走廊上一时不知往哪走。这条走廊不算宽敞,地面还铺着混纺地毯,要从这上面根据声音追寻下去并不易。他迅速回忆警卫拖着高婕离去的一幕,很可能高婕已经出事了,这里的警卫有配枪,地毯没有血,是被近身制服,以高婕的身手——衣帽间!华良大叫:"莫天,你去衣帽间!"莫天咬牙,眼珠里布满血丝,像一头狂暴的猛兽般寻找着衣帽间的门。

华良极力劝说自己冷静下来,他想,如果高婕没死,只有一个可能:秋田制药公司得对她问话。贵宾休息室,茶水室,供电房,逃生通道……商场中所有房间名从华良脑海中闪过——茶水室：有利器，有噪声掩饰！华良咽了口水，直奔走廊尽头的茶水室，尽管他不确定自己是否推理准确，但此刻，容不得他半点迟疑。

一个人出现在华良视线前："这不是上海法租界巡捕房的神探？"

华良脚步放慢，举起枪，瞄准那人的眉间，说："巡捕办案，一视同仁，请让开！"

那人说："探长，办案归办案，万一误杀秋田制药公司的高管，您也太鲁莽……"

枪口抵在陈正夫的眉间，陈正夫坦然举起双手。

"高婕在哪？"

陈正夫的眼珠子在眼眶里打转，做出沉思的状态道："噢，那个误闯进来的女人？误打误撞到别人地盘嘛，总得受点苦头的。"

"高婕，在哪？"华良冷峻的脸上冒出一条条青筋，像蛇在表皮下爬动。他的食指动了动，正向扳机使力。

陈正夫盯着那根食指，意识到华良不容开玩笑，于是阴阳怪气说道："哈哈，您消消气，这是秋田制药公司，不像你们巡捕房——问不出话也别要人命嘛。"

她还活着。华良从陈正夫的神情中确定了这一信息，才暗暗呼一口气，说："把人放了，马上。"

陈正夫看出华良的态度有所松懈，缓缓退后一步。冰凉的枪口在他眉前腾出手指宽的空隙，他从雪茄盒里抽出一根雪茄叼在嘴角。

华良身后响起一片脚步声,莫氏专员和三个巡捕赶来。华良对巡捕说道:"来得正好,你们四处搜查搜查。"三个巡捕显然是恰巧巡逻经过商场的,他们面面相觑,便各自分头去两边的房间进行常规搜查。

陈正夫认出莫氏专员,说:"专员先生,难不成,这是莫氏银行的意思?"他指了指那把悬在他眉前的枪。

莫氏专员这才反应过来,说:"噢不,探长……您冷静,误会。陈先生,是这样的,咱们莫氏银行的助手,在这里走丢了,探长一心急起来……"莫氏专员颤抖着请华良放下枪。

陈正夫笑了笑,说:"呵,是莫氏银行来要人啊。"陈正夫吸了一口雪茄:"好办,好办。"他转身,指了指茶水室的门。如华良所料。

华良领着三个巡捕迅速冲进茶水室,只见里头有五个警卫,荷枪实弹地把高婕围在中间,高婕被绑在一把椅子上,毛巾塞着嘴。

陈正夫吆喝一声:"放了吧。"他看了看手腕上的表,发布会结束的时刻到了,于是打个手势,让警卫们退下。

华良赶忙上去,抽出随身带的雕刻小刀,割断高婕身上的麻绳。

他割开绳索时,一种奇异的熟悉感在心头升起,眼前的绳结与丁桃案发现场出现的奇特绳结,样式虽不相同,结构却很相似,十分精巧。

"你们总算及时赶来了。"高婕甩掉绳索,摸了摸脖子上深深的勒痕,长舒了口气。

高婕说了两句轻松的话,等秋田制药公司的警卫走开后,才讲述被捕前发生的事:房间里的呜咽声,有个陌生人暗中引导她,枪声——突然枪声一响,把高婕拉回她在衣帽间的情景:"去衣帽间,柳烟在那!"

听见枪声,华良猛然扶起高婕,一同奔去了。莫氏专员也畏畏缩缩地跟来,嘴里念道:"莫天少爷啊……"

三个巡捕先跑上前,又冒出四声枪响,两颗子弹往这边飞来。枪支对射使狭窄的走廊弥漫着一阵硝烟,远处的男子摇摇晃晃站在衣帽间门口。鲜血从左臂伤口处汩汩流淌,他却似乎毫无知觉,一双眯缝眼瞪得大大的,无法收回涣散的目光。

华良认出了那双眼睛,是今天的主持人"眯牵眼"。

"眯牵眼"如同一具被操控的木偶,用颤抖的双手抓住一把柯尔特手枪,对准衣帽间内疯狂地按动扳机:"去死吧,都去死吧……"

"巡捕办案,立马放下枪!"三个巡捕中的一个喊道。"眯牵眼"却缓缓瞄向这边。

三只黑洞洞的枪口对准了"眯牵眼",突然轮番蹦出火光和硝烟,灼热的子弹射出枪管,将"眯牵眼"的脸打成了筛子。只见他睁大双眼,脸部变形,站在那僵硬了片刻,终于失去力气,仰面躺在地上,失去了心跳和呼吸。

十六

众人惊魂未定，华良和高婕立刻拔腿跑向了走廊尽头的房间，甚至来不及留下只言片语。莫天从衣服中钻出来，一副狼狈的样子，但毫发无伤。莫氏专员也赶上来，看见活生生的莫天才舒了一口气。高婕环视衣帽间内，确认这是她之前闯进来的房间，于是凭记忆走到当时传出绝望人声的门帘面前。高婕的背影凝固在掀开的门帘之前，淡黄色灯光倾泻而下，忽而亮得刺眼，忽而又昏暗下去。越过高婕的肩膀，华良向内望去，血光映红了他的双眼，躺在地上的人穿着一双荧白色高跟鞋。

那是柳烟的鞋子。

在华良的指挥下，紧跟而来的巡捕迅速封锁楼层，进入现场勘查。看样子，这是一间供内部员工使用的更衣室。柳烟双目紧闭委顿在地，只见在她心口处有一个绽开的枪眼，新鲜的伤口汩汩流血。华良俯身探了探她的脉搏与鼻息，并未感到一丝的心跳与呼吸，粗略扫了一眼，他注意到柳烟的右手食指与无名指上均有厚茧。

柳烟的身边还躺着一具苍白的男性尸体，手中握着一把枪。华良记得，他就是刚才抓走柳烟的警卫中的一个。陈正夫带领秋田制药公司警卫队前来指认了他的身份，正是警卫队的队长。

高婕用镊子从枪口中取出了一颗子弹，放在眼前细看："目前来看，这个枪口很有可能是致命伤。就在几分钟前，我们赶过来的时候。"

"没错，我刚才一直找不到衣帽间，但听到不知哪里传来好几声枪响。"莫天回忆道，说着他从巡捕手中取过"眯牵眼"死前仍紧紧握在手中的枪，所用子弹与柳烟尸体中的子弹相对比，都是勃朗宁 M1903 手枪所用的 9 毫米短弹。警卫队表示勃朗宁手枪是秋田制药公司的统一配置。

"这个警卫身上的子弹却不同。"高婕又取出了另一颗粘连着模糊血肉的弹头，直径较常见的子弹更细。

华良眯起眼睛看了一眼，立刻说道："这是掌心雷手枪才会用的微型子弹。"

此时，始终站在走廊外沉默不语的陈正夫说道："我说，你们真有能耐，闯进来不到一刻，闹出两条人命。莫不是要把'人屠'栽赃嫁祸给秋田制药公司？若非我及时把这个高婕女士抓起来，恐怕，有人还想在秋田公司背后捅娄子吧？"

高婕冷冷走到陈正夫面前。

莫氏专员忙上前挡在了高婕与陈正夫之间，摆手赔笑道："都是误会，误会！陈老板，高婕女士不仅是位优秀的医师，还是巡捕房的法医顾问，在上海杏林中颇负盛名，因此莫氏银行特地邀请她作为我们的顾问前来参加这次活动。想必是她对会场道路不熟，才误入秋田制药公司的机密重地呀。"

"哦？是吗？"陈正夫眸中闪过一丝玩味，似乎正在拿捏莫氏专员的话中几分是真几分是假。

高婕面上颇有些嘲讽之意，口吻却礼貌至极："陈社长，这次是我冒昧了。不过希望贵公司的警卫队也多动些脑子。"

陈正夫吃了闷亏，不便多说些什么，压下怒气拂袖而去。莫氏专员站在一旁，脸色发青，嘴唇苍白，这时他对尸体的恐惧才完全显露出来。莫天挥了挥手，允许他立马离开这个不祥之地。

"也就是说，有人杀死了警卫队长，而在我们听到那声枪响之际，'眯牵眼'又杀死了柳烟？"莫天狐疑地说道。

果然，警卫们都漫不经心地提供了相似的供词。据他们所说，警卫队长独自将柳烟带进了更衣室审问。有人推测是柳烟的同伙前来搭救柳烟，袭击队长而将他打死。然而高婕的意外现身扰乱了警卫们的视线，才令他们无法判断真相。而主持人或许就是因为受到脱身后的柳烟袭击而开枪的，毕竟他不是武夫，胆子小得很，情急之下开枪是很正常的。这样一个人，要是错手杀死了人，见到尸体后神经错乱，犯起了歇斯底里症，似乎也不是不可想象的事。

打发走了警卫，莫天转向华良，他从鼻子里哼了一声，不屑道："这些话狗屁不通！个个都推说自己没见到事情经过，却还啰里吧嗦扯出那么一大篇推测来。恐怕这个倒霉的主持人就是被推出来背黑锅的。"

"那是自然。出了那么大的事，秋田制药公司肯定要找个替死鬼。"华良望着房间墙壁与地板上的痕迹，"房间的痕迹被清理过，但看得出来凶手太迫切，剩下的线索更接近事件本身。从房间中来看，既然柳烟被制服，就不大可能起来搏斗，这些搏斗痕迹，很可能是另外的人造成的。有人与警卫队长发生了激烈的搏斗，并且最终开枪打死了他。那个人的目标是柳烟。"

华良仔细地从地板上的擦痕，一路找到墙壁上的磨损，然后是门框边的抓痕，之后痕迹便消失了。"可是这个人现在却无影无踪，不知去向。"他看向高婕，"你闯进来时，有没有不对劲的地方？"

高婕点点头，等秋田制药公司的人都陆续离开后，她轻声说："从我进来到逃跑的时候，有人在暗中帮过我。"高婕将刚才的经历讲述了一遍，"他应该是来救柳烟的，没猜错的话，也是他开枪杀死了警卫队长。"

"这倒有些奇怪。"华良推敲道，"听你的描述，这个人对于内部场地相当熟悉。而且，秋田制药公司的警卫安排十分严密，他却能来去自如，谁都没有见到他的影子。"

"没准是商场内部的人？"莫天猜测道，"你想，很有可能是一个清洁工，或者售货员，可以来去自如却不引人注意。"

"不对，他对秋田制药公司警卫的巡逻习惯也很了解，没准是秋田制药公司内部的人。"

"难道说，秋田制药公司内部还有人良心未泯？那么，本神探明白了，柳烟肯定是想要揭露秋田制药公司的黑幕，而秋田制药公司中有职员禁受不住良心的谴责，所以想救柳烟逃出生天！"

华良不置可否，他的目光延伸向远处，门外的会场中人群已经疏散尽了，秋田制药公司限量的广告牌孤零零地与他对望。

此时高婕正在与勘查人员合力收殓尸体，进一步的检验必须回到巡捕房中才能展开。突然，高婕面色一变，她解开柳烟的高领旗袍，女尸洁白纤细的脖颈上有一圈深深的勒痕。见状，高婕除下了柳烟的外衣。

令在场所有人不寒而栗的是，原来整具尸体的皮肤表面布满了纵横交错的瘀痕，如同凸起的血管一般，紧紧缠绕住了死者的身体，狰狞而可怖。华良不由自主地想起，幼年时在乡间所见的被蛇捕捉到的田鼠，一圈一圈被缠缚到窒息，连最后的悲鸣都无法发出便死去了。

"是绳索捆绑的痕迹。"检查着尸体上浮肿的深红色瘀痕，高婕的脸色渐渐变冷，"如果说是为了绑起来审问，那么通常情况下不应该形成这么深的勒痕。而且尸体正面的勒痕要比背面的深得多。"

闻言，华良一言不发，取过椅子站了上去，伸手调试了一会吊顶上的电灯。电灯闪了闪，接着便恢复了稳定，不再忽明忽暗。

"你怎么当起了修理工？"莫天笑话华良。

"这灯一直在闪，不是坏了，而是接触不良。之所以接触不良,是因为刚才有人在吊顶上悬挂了东西,不然这样一明一灭的电灯,早被换了。"华良将吊顶上的痕迹一一收入眼底,冷静地分析道,"正面的勒痕要比背面的深得多,说明正面承受了更多的压力,也就是说,柳烟之前曾经被捆住悬挂了起来。她的手脚都被绑到背后,正面朝下被吊了起来,因此整个正面承受的压力都比背上更强。"

丁桃与梅福死亡现场的疑点从华良脑海内接连闪过:被擦拭得一干二净的吊钩与房梁,吊灯下遗留的绳索……原来是这么回事,他们生前很有可能遭受过与柳烟同样的痛苦。

"走,回巡捕房。不出意外的话,柳烟的尸体会解开我们之前的许多谜团。"华良跃下椅子,拍了拍手上的灰尘。

十七

你喜欢这句话吗?

"太阳升起来了,黑暗留在后面,但是太阳不是我们的,我们要睡了。"

你喜欢吗?

你喜欢吗?

…………

华良从梦魇中醒来,凌晨五点的房间中灰暗一片,拉开窗帘才透出天边的鱼肚白。他已经习惯了在每桩案件中梦到与之相关的东西,它们像是华良内心暗流中稍稍冒头的碎片,经常提醒着他真相与危险的来临。

梦中有人反复向华良说着这句话,只是华良始终看不清那个人的脸。

华良拿起枕边翻开一半的《日出》,被不知哪个阅读者淡淡画下线的正是这句话。最近几天华良从巡捕房回到住处后,总是翻看几页这本丁桃房间中取回的剧本,仿佛通过这种方式,他可以无限接近那个可怜的女孩在世时的所思所感。

两个小时后,熟悉的酒精味弥漫在华良的起居室中,高婕将自己陷进了覆盖织毯的沙发中。她看起来一夜没睡,华良可以想象高婕在验尸房里如何度过了一晚,他泡了一杯浓茶放在高婕面前。

而莫天亦收到了消息赶来。落座后,他擦亮火柴,点燃了烟斗内干燥的烟丝,很有神探派头地缓慢吸吐着,问道:"有什么新发现?"

高婕眼睛中闪烁着亢奋的神采,她取出几张尸检的记录照片,摆在三人之间宽大的桌面上:"这次很走运,我们没有让凶手来得及取走柳烟的胃。你们看,柳烟的喉咙里有大量堵塞的呕吐物,她的胃部严重变形,这应该就是造成呕吐的原因。另外,柳烟的背上有一整块不规则的瘀痕,看上去是石头之类的物件,胃部的变形应该是受这重物压迫所致。"

华良并不意外,点了点头:"那么我明白了,为什么丁桃与梅福的胃部都不翼而飞,显然,凶手不想让我们发现这一点。"

莫天诧异道:"华生,你的意思是,柳烟也是被'人屠'所害?"

"有这种可能。柳烟身上的许多痕迹,都与丁桃、梅福的状况一致。"

"可是为什么要隐瞒呢?而且这又是吊又是重物压迫,听起来与寻常的折磨手段不同。"莫天将烟斗放在烟灰盆边磕了磕。

"没错,以我之见,这像极了一种特殊的刑罚,名叫'骏河问'。"华良起身,踱到书架前,捧来一本厚厚的《四国风土志》,将其中的某一页摊开,放在莫天与高婕面前。

这是一本介绍世界各国地理、历史与风俗人情的志书。与《四洲志》《海国图志》等书不同,华良所钟情的总是闾巷里弄流行的三教九流杂书。他曾经对莫天说,对于侦探来说,《乡村疾病大全》要比二十四史真实得多。

根据书中的记载,"骏河问"是流传于江户时代的武士浪人之间的拷问方式。通常是将犯人手脚反折在背后,以捕绳术捆绑,吊在屋顶上,并在其身上放置重物。片刻之后,犯人就会痛不欲生,重物压迫内脏,会导致内脏的严重变形。随即,疼痛、眩晕与呕吐等种种痛苦的情状就会逐一发生。

高婕立刻明白了:"这种刑罚是日本浪人惯用的。很有可能，凶手是为了掩盖自己与日本浪人之间的联系。"

"是的，我也是这么认为。"华良回到扶手椅上，继续说道，"肢解尸体、取走胃部，并非全然出于哗众取宠，或是误导侦破方向，这一切的真正目的其实正是掩盖施刑的痕迹。据我所了解，这种刑罚通常是针对浪人组织内部成员的，因此我怀疑某种层面上，凶手觉得自己遭到了丁桃、梅福、柳烟三人的背叛，同时，这个组织和日本有不浅的渊源。"

"日本人？"莫天猛吸了一口，烟斗内火光烧成了一团，他的目光在华良脸上闪来闪去，若有所思。片刻后，莫天猛地拍了拍大腿："我想起来了！"

当葛诚勇被张天才几人拥护着躲避于桌边时，葛诚勇西装口袋内的口袋巾散了开来，莫天见到上面有一个六角几何形状的图案，虽不起眼，看上去只是普通的商标或装饰图案，但不知为何莫天却有一种奇异的感觉。

"你说到日本人，本神探立刻联想到了，去年我曾去拜访过一个在上海客居的日本上绘师。上绘师是专门替各个家族设计家纹的，他向我展示了不少家纹图案的基本设计，通常是以几种图案为基础元素，加以组合变化。"莫天娓娓道来，"我看葛诚勇的那个图案，就与日本家族的家纹十分相似。"

"难不成，柳烟发现了秋田制药公司与日本人的勾结，因此想要揭发真相，于是受到酷刑折磨，而秋田制药公司内部有良心发现之人前来帮助她？"莫天再次将自己此前的推论串联了起来。

华良摇头道:"我看不是。从柳烟的角度来推理,她根本不应该出现在会场,也不像单纯去闹事的,况且,她的举动说明她根本不抱希望逃出去。柳烟的目的是什么?她或许要来找一个人,很可能就是暗中帮助过高婕的那个人。那个人混在秋田制药公司内部,不便暴露自己的身份,所以迫使柳烟跑上台去。"华良想起柳烟消失在众人视野前的怪异表现。

"你的意思是……?"莫天似乎明白了什么。

"柳烟一定有什么重要的信息要传出去,甚至因此不惜牺牲性命。"华良点破。

"也就是说,这事儿还没完,很可能那个人已经收到了柳烟的信息,并尝试去救柳烟。说不定,他还和'人屠'交过手。不,不太可能,如果他们交过手,必定有一方要死,因为如果所有推论成立的话,对'人屠'来说,跟柳烟接头的人才是最该处刑的人。"

高婕疑惑:"这也未免奇怪,通常来说,只要双方提前约定,接头可以在别的地方进行,而没必要冒这样的险。"

华良道:"只能说明,这是一次没有事先预谋的接头。柳烟是在情急之下做的无奈之举。我们已经知道那个人很有可能是秋田制药公司内部的人,而柳烟来到秋田制药公司举办的活动现场,就完全坐实了这一点。她不知道现场究竟会有什么观众,却一定能肯定,会有秋田制药公司的人员来此,而且是一定要在场的人。"

"这么说来，应该是在秋田制药公司具有一定职位的人吧。有可能是警卫队或药物研发部的成员。"莫天摸了摸下巴。

"不错，而且从他帮助高婕这一行为来看，说不定，对我们巡捕房也有所了解。"华良说道。

"有道理，我也是这么想的！"莫天点头，忽然，他像是想起了什么有趣的事一般，笑着大摇其头，"说起来，高婕不在时，华良你不是说要去确认什么事，结果却去找那个药物研发部的美女搭讪，真是居心叵测。"

华良反驳道："你错了，我只不过是探探她的底。还记得葛诚勇手下的三名助手吗？他们明明只是医学研究人员，面对手里拿着枪的柳烟，却个个表现得毫无惧色，从容地掩护葛诚勇退场。尤其是孔心夺下柳烟手枪那一幕，我相信即便受过一般专业军事训练的人，在那种情况下也难如此得心应手，因为，心理素质是不会撒谎的。"

"或许孔心那三人本来就身手过人，这不足为奇吧？你可别忘了，我们高婕医生也是精通武术的。"莫天看向高婕。

高婕冷淡地应道："不要拿别人与我比较。不过，一个人还可以说是巧合，偏偏这三人都如此，且正好是药物研发部的核心团队，巧合过头就显得有些奇怪了。"

"也许除了那个跟柳烟接头的人，秋田制药公司里有不少人跟巡捕房有关。来，神探。"华良将桌上的报纸卷成棍状交给莫天,气定神闲地勾勾手,"朝我攻击。"

莫天于是假装持刀攻去。华良目光一沉,以指节击中莫天的右腕,将他拽向自己。出于惯性,莫天向后仰去,华良迅速向前跨上两步,伸腿钩住了莫天的右腿,莫天只觉得重心一晃,失去了平衡。

华良已经将报纸夺回了手中。莫天跌倒在地上,龇牙咧嘴地揉了揉手腕,揉着揉着,他所感到的不再完全是疼痛:"我明白了。原来孔心夺枪时所使用的技巧,像极了巡捕房所教授的格斗术。"

"是啊,神探,你总是不好好练习,难怪在场的时候没有看出,我还差点把孔心的举动忘了。"华良嘴角勾起一抹笑容,"一个名叫费尔贝恩的英国人曾在上海租界任职,他与武器商人塞克斯共同创立了这一格斗术,名叫'敌凡道',用于制服犯罪分子。孔心夺枪所使用的正是此术。而这种格斗术在民间并无流传,只有巡捕房在使用。听说,后来费尔贝恩将'敌凡道'改良后在自己创建的军校中教授,因此军队中亦有使用。我想,药物研发部三人很可能有军警背景,受到过相关训练。"

"租界巡捕房你我都熟悉,他们肯定不会是我们这边的人。而且孔心的身手与'敌凡道'有所区别,虽然都是利用敌人的本能反应来制敌,但她的招式更为凶狠致命,不是为了制服对手,更像是要击毙对手。难道说他们曾在军队中待过?可是以他们的年龄与履历来看,进入秋田制药公司之前,他们都尚在大学中学习,应该并无机会啊。"莫天说道。越来越多的线索与谜团在他脑海中飘浮交缠，屋外逐渐变得清朗的天空也不能使他变得更为清醒些。

昨天大新百货的骚乱一出，巡捕房立刻封锁现场，驱散了所有参与活动的市民，而秋田制药公司立刻派出形象代言人葛诚勇博士出面，将这次的事件解释为令人遗憾的误会：某舞女冲入现场闹事企图讹诈，而主持人是临时聘请的婚庆司仪，事后调查证明其人来路不明品行可疑。就这样，秋田制药公司不露痕迹地将大部分责任卸了个干净，而格雷探长在事情真相不明前并不愿意得罪秋田制药公司，迄今为止巡捕房始终没有公开案件的具体情况。

在华良、莫天与高婕三人面前的桌上，不知不觉，与"人屠"案相关的证物、档案与记载着指纹与尸体的照片已经足够占据整张桌面。三名死者的照片被华良圈在了一起，指向了两个方向：一是第4路电车，二是普救丸与秋田制药公司。而秋田制药公司的人员身上又笼罩着一层难以捉摸的谜团，与日本浪人有关，抑或有军方人员参与。

华良将目光放在了王光明的照片上，王光明身上的箭头同时指向了受害者与秋田制药公司。

沉默如同灰尘一般覆盖着办公室，华良微微偏过头朝向窗外，似乎在等待着什么。

莫天刚想出声，门铃声适时地响起了。来人是第4路电车上的司机老吹，原来华良此前已经打电话约他前来。

老吹进来，先是环视了房间，眼睛最后落在关于凶杀案的所有资料上。往日多话的他突然成了做错事的小孩，他见到三个死者的照片，又瞧了瞧生死未卜的王光明的模样，立刻认出了这个人，颤颤巍巍地伸出手指，目光游移不定："……就是他，电车上的三个怪客之一。"

"果然如此。"华良用指关节叩了叩桌面，轻声叹气，"我们早该想到，死者与秋田制药公司都有不可分割的联系，王光明就是电车怪客中尚未确定身份的那个人。很不幸，唯一的线索就落在他身上了。"

临走前老吹握住华良的双手，他浑浊的眼珠中涌起一丝痛惜："华探长，你可一定给丁桃找出那个'人屠'啊。我一连几天做梦，都梦到……梦到……"

华良无言地回握住了老吹树皮般粗糙的褐色双手。

送走老吹后，华良将搁在烟灰盆边的纸烟掐灭，灼热之感残留在他的指尖："现在，我们有三个追查方向，一个是眼下要进行的，那就是柳烟的周边查访，一个是最重要的方向，也即王光明的下落，还有一个是尚无头绪的，就是神秘人的身份。"

走出寓所大门，莫天吐出胸口中喷发的最后一口烟气："华生，过几天，我有必要拜访一次那位上绘师。去年我曾和他约定，要再次同饮一杯那种奈良产的清酒。"

十八

"号外,号外——"

清脆的叫卖声驱散了弥漫在街道上空的淡淡灰霾,报童们瘦弱的身影如同一群小麻雀,蹦蹦跳跳掠过了大半条霞飞路。一张张散发出新鲜油墨味的新闻纸被递到了各色行人的手中。

华良嗅到了一丝风雨欲来的气息。各家报纸今日的新闻版面已经于昨日下厂刊印,中间有临时的重大新闻出现,才会加印紧急宣传纸,谓之号外。此刻时间尚早,号外已经遍布大街小巷,可见是昨夜紧急编排印刷。看来,是出了什么大事。

"'人屠'在秋田制药公司……"高婕念出了手中新闻纸上的醒目标题。

原来满街流转的号外都是关于"人屠"再次犯案的消息,其中详细讲述了昨天发生在大新百货的死亡事件,矛头直指秋田制药公司。作者声称,种种现象表明,"人屠"就是秋田制药公司的内部人员。

"怎么回事?"高婕眉峰紧蹙,"除了我们,巡捕房不可能走漏消息,这样打草惊蛇的事,要么对我们不利,给'人屠'发信号,要么,不就摆明在给我们提供线索吗?"

华良细看描述柳烟死时的具体情形一节，生动鲜明，细节翔实，就像作者亲眼见过当时的情形一般。作者一栏写着匿名，文章结尾处有报社编辑所加的注释，声称此文为读者投稿，本报社不对文章真实性负责。

"确实，看这手笔，必然是出于亲眼见过现场情况的人，否则不可能如此清楚无误。知道现场情况的人只有巡捕房、秋田制药公司员工，以及那个神秘人。而且文章明显是冲着葛诚勇的对外解释而去，希望将大众的关注点拉回秋田制药公司身上。而且看样子，这个匿名作者似乎知道一些内幕，按他所说，隐藏在秋田制药公司内部的'人屠'制造了此前丁桃、梅福的两起凶案，并且还将继续追杀知情者。"华良思忖片刻，对高婕说道，"去向报社问问那位匿名作者的情况。"

看起来，那位匿名作者向上海滩几家著名且有影响力的报社都投递了文章。华良与高婕将所有刊载这篇号外的报纸列出，打了十数通电话，编辑的回应大同小异，他们都声称稿件是混在每天寄到的信件中，却并无邮戳。看来不是通过邮局投递，而是这个作者直接来到各报社，将稿件放进信箱中，他并不希望被人追查到踪迹。

高婕费尽口舌，才终于确认匿名作者并未留下任何破绽。她靠在旋转椅上歇息，脑海里闪过一个念头："说到记者，我倒是想起王光明来了。之前每次案发现场他都出现了，这次或许他也混迹其中呢？"

虽然华良认为这种可能性微乎其微，高婕还是取出了华良之前带回的几期《新报》，找出王光明撰写的文章，放在号外旁边比对，希望能找出两者遣词造句上的相似之处。对比下来，两者文风相去甚远，匿名作者的文笔质朴精练，不似王光明撰文的极尽浮夸之能事。高婕不免失望，不过她注意到了某期头条上王光明与某官员的合影，惊讶道："这不是淞沪警备司令部的某新任处长吗？"

"高婕，这下倒是你提醒了我。丁桃包内搜出了与淞沪地区警备任务相关的机密情报，如此看来，这应该就是王光明通过私人交游暗中搜集的，他也在售卖情报。"华良说道。

"可惜，这家伙如今下落不明。"高婕叹气。

巡捕房内忽然起了一阵议论，一名巡捕风尘仆仆地走进屋来。他走到华良桌前，火急火燎地擦了把额头的汗："华探长，秋田制药公司被媒体人士和群众围得水泄不通，要求巡捕房加派人手，维护现场秩序。您看，是不是多派点人手？"

"不必。"华良袖手靠在椅背上，一副隔岸观火的模样，"正好借此拖住秋田制药公司，以免他们阻碍我们的调查。"

十九

华良的口腔里尚且留着巡捕房里新茶的滋味，人已到了月宫舞厅。

上海滩的夜晚是以舞会为血液的,月宫舞厅是无数流淌的血脉中的一支,不是最有风情的,却是最艳丽的。玻璃窗上映出赤橙青蓝的灯光,舞池内醉暖的风似乎也染上了一抹女子唇边的胭脂红,酒客坐在桌子旁点燃雪茄或烟斗,一团团云雾升腾在半空中,烟草味混合着酒香,使人分不清这里到底是梦境还是现实。

华良走到吧台,环视一周,彼时,酒桌中有两个外国水手指着天花板的反光魔球骂骂咧咧,险些要跟酒保打起来。莫天举起搜查证大喊:"巡捕办案!"一声下去,舞池中所有摇摆的身体都停下来,酒桌上的脸都转向这边,唱片机的《何日君再来》孤零零地唱着。值班的酒保见状,赶紧上来请两位少安毋躁,一边示意年轻酒保去唤经理过来。酒保们面面相觑,没有人知道值班经理去哪了。

华良耐不住性子看他们揣着明白装糊涂的样子,低着头拨开人群,径直走向那条走廊,右拐进一条通道。迎面而来的酒客和舞女都一脸茫然地避让,猜疑着这次舞厅又出什么事了。

通道的尽头是后院,华良直奔柳烟的房间去,走近时,一股幽微而奇异的药香扑鼻而来。到了门口,华良的鼻尖离那扇门只有一根手指的距离,他屏住呼吸,抬手往门缝一推,门便开了,根本没有上锁。

莫天进去拉开电灯。房间里和上次来时一样,一桌一椅一床,几张生活照还贴在墙上。照片中的柳烟依旧妩媚,如果不是广告纸上的标记,很难让人联想到柳烟已经死亡。见这里一切如旧,华良打开衣柜,也迅速把抽屉全部打开。见没有任何物品被翻动的迹象,他才暗暗松口气。

月宫舞厅的杂工堵在房间门口探头探脑,莫天拦在门内,大喊:"你们,谁跟柳烟关系密切的,都站出来,在那儿排成一排。"他指定人群中一个舞女,让她去舞厅把舞女都叫来。一个年长的男人抱怨道,巡捕房突然搞这么一出,咱们舞厅哪还能接客人啊。

莫天听见了,一跳脚,叱喝:"今晚本神探要是在这里查不出个头绪,你们舞厅还想营业啊?"这番话激起一片怨语。

更浓的药香味弥漫着整个房间,大概是很久没人来清扫了,华良来不及多想,一声不吭地开展搜查工作。房间里的一切看起来没有特别之处,桌上的收音机是唯一的电器。他拿起收音机捧在手中,指尖像爬虫一样把它的外表检查个遍。这是常见的电子管收音机,拆卸开外壳后,里面的零部件也和一般的收音机无异。

柳烟的衣柜里挂着一排整齐的暗色旗袍,只有一件普通的长衫和直筒长裤。果然如老吹的口供一样,柳烟大多时候只穿暗色旗袍。华良从中抽出那套普通长衫和直筒长裤,怀疑它是不是另有其主。他仔细嗅了嗅布料上的味道,掀开衣襟时,发现了一片红绿色条纹,一段强烈的记忆冲袭他的脑海,但一时之间又想不起来是什么,仿佛被巨大的闸口阻挡在外……

两个酒保进来，故作熟络地跟莫天说："探长，法租界神探，别动怒，咱们谈谈……"莫天知道对方是阿谀奉承，不禁洋洋自得，险些没保持住那副威严的英姿。他问酒保关于值班经理的去向，酒保凑过来说："值班经理出去偷闲偷闲呗，马上就回来，莫急。"

不一会儿，十六名当班舞女在后院中央排成两列，其余的人在边上乱成一团，有的在一边嚼舌头，有的焦急地哀怨道："舞厅内的客人已经吵得要拆天了。"

当莫天逐一向舞女问话时，华良把那套朴素的衣服铺在桌面上，陷入了记忆的漩涡。

大约一年前，华良因追查一宗海外特务案子的缘故，和中共地下党有过一段接触。当时，他们约定在公共租界的内山书店里接头，接头人叫老余，接头信号是衣服上的记号，关于记号的提示，却是一句"小绿间长红"。

华良进入书店后，从书架上抽出一本《前锋》旧月刊挡着脸，注意力却在每个经过的人身上来回跳跃。离约定的时间过了三刻钟，华良寻索许久，突然一个男人站在他面前，那人的衣襟有一片红绿色条纹。这就是"小绿间长红"啊，华良抬头看着那个叫老余的陌生人，不禁一笑。

"小绿间长红"给华良留下的印象，和眼前这件衣服完全相符。他猜想，难道柳烟和中共地下党有接触？联想到柳烟在秋田制药公司新品发布会上掏出的微型手枪，以及尸体右手食指和无名指上的厚茧，华良对柳烟的身份感到一丝震惊。他跑到房间外，其时莫天正集合所有舞女，华良让她们统统把手掌端平在胸前,他举起一支电筒,逐一观察她们的手指。

不错,作为舞女,她们的手多少会因练习拨弦乐器而长茧,长茧的位置要么五指都有,要么只剩尾指没有,像柳烟那样避免中指的,着实奇怪。检查一遍后,华良在一旁低下头沉思。

"你们,谁跟柳烟熟悉?站出来吧。"莫天喊道,那声音落在深邃的夜色中得不到回应。舞女们心不在焉地观察自己的手指。

这时,一个穿着吊带洋装的男人过来,说是月宫舞厅的日常值班,吴经理。

吴经理正想跟莫天套近乎,莫天怒斥一句:"你,站好!"

莫天是认识这个吴经理的,在生意方面,莫氏跟月宫舞厅有不少来往,自然莫天也多少听闻过吴经理这个人的品行。

吴经理在月宫舞厅有些年头了,他极为熟悉月宫舞厅的一切,每到入夜,舞厅里大大小小的事都归他掌管,在这样鱼龙混杂的地方经营处事,缺一分精明果敢都是做不来的,跟什么人,说什么话,自然也是他们深谙的道理。

"你就是吴经理吧,你来说说,我想听关于柳烟的事。"华良来回踱步,说道。

看得出吴经理早有预备。他的视线飘落到院子里的小树上,思虑片刻才开口,先是对柳烟的过去做一番简短描述,同时尽可能撇清柳烟跟月宫舞厅的关系,最后强调,柳烟早跟月宫舞厅扯不上关系了。按吴经理的说法，柳烟和舞厅里的人并不熟络，除了教舞教歌，平日没太多交集，她独处独行，碍于年纪早就不出场迎客了，姑且是在舞厅里租个房间住吧。要想探究她生活的真面目，月宫舞厅并不是个合适的地方。

这会儿，舞池那边传来闹声，打断了吴经理的讲述，有个酒保跑来，一边擦汗，说有两个外国水手闹事，都闹半天了，又是因为灯光效果的事。

"真晦气。"吴经理咬牙暗骂，"莫不是柳烟阴魂不散啊，还给月宫添乱子……"

"什么添乱子？"莫天追问。走廊那头，传来玻璃摔地的声音。

"说来晦气，之前好长一段时间午夜两三点时，舞池中的灯闪闪烁烁，时日一久，酒客都以为是月宫为了'派推'特意营造的一种时兴的灯光效果，可明眼人一看都知道……"

"谁要听你讲这些啊，讲柳烟，柳烟！"莫天不耐烦地说。

"等等，让他说下去。"华良突然有了点头绪，"灯怎么闪的？"

"一下明一下暗，确实像灯光效果的。可明眼人知道，是电路出了问题，找修电工来，也检查不出根源。"

吴经理话音未落，华良已经回到柳烟的房间把头埋进抽屉里猛翻一通，抽屉里的雪花膏和别的瓶瓶罐罐全都滚落到地上。抽屉里没有可疑物件,他站起来又往墙上摸索一遍,一边思考,如果吴经理的说法为真,电灯明暗很可能是电波干扰,结合柳烟衣柜里有中共地下党人接头的衣服……他站在房间中央看着镜中反映的屋内物件,视线落下去时,注意到只有床还没有被仔细查看过。

这会儿,吴经理站在门口,请求莫天早日把舞女们放回舞池,莫天不肯,只管让她们说出柳烟的日常状况才允许走,可舞女哪敢说太多,她们哪怕是叹一口气都要看经理的眼色。

不过,莫天从舞女的言辞看出,月宫舞厅的舞女不像吴经理说的那样跟柳烟生疏,相反,是十分亲密,她们都叫她柳烟姐。柳烟特别照顾年轻的舞女,又教跳舞弹唱,又教待人接客,只是舞女们夜晚上班,白日休息,而柳烟三头两天会出去一趟,谁也不了解她的行踪。另外还有一件事,柳烟前段时间起在房间里擅自煮中药,为此和吴经理闹翻几次。舞女最最忌讳沾染上怪异的气味,这终日一股药味儿的,不清楚的酒客还以为月宫舞厅的舞女惹上了什么病呢。

听罢,莫天回过头望向房间,中药味确实是从那里传出来的,他不敢鲁莽进去,因为华良正站在那儿,沉浸在推理的迷宫当中。

华良仔细查看床板周身,果然在床底下,找到了一个暗格。而暗格里,正躺着一台冰凉的发报机。

华良推断得没错,柳烟底下的活儿跟情报有关。通常,情报人员会选择半夜两三点发报，因为这时受电波干扰和敌人侦察的概率最小。而深夜，恰是月宫舞厅最热闹的时刻。所以，是柳烟发电报影响了舞池的电灯忽明忽暗。

"莫天，不必问了。"华良转过身，让莫天进来。莫天迟疑，但还是按华良的意思把舞女解散。说话间，吴经理也早跑出去处理舞厅里那被晾着许久的争执了。

华良把线索和推论说了一遍。莫天眉毛上扬："我明白了，柳烟的真实身份是中共地下党人，按照我们之前得到的线索，丁桃的包里有军警相关的情报，还有梅福和第4路电车的联系……对了，华生，刚才见你一副专注的样子，有我福尔摩斯功力的一半，所以实在不好打扰你。"莫天直接走进厨房，对华良说，据大家的口供，柳烟最近异样的行为是煮中药，她以前从来没有这样的事情。

灯一亮，原来厨房便是房间弥漫药味的源头，垃圾篓里堆积着结块的来不及倒掉的药渣，木柜里还放着未煮的药材。华良走到药材前，简单辨认了一下，他记得柳烟的验尸报告中并未提到她身体有特殊病症。于是拿起一只纸袋，把药放进去，盘算着带去给高婕辨识。

华良让莫天通知巡捕房派人来柳烟的房间取证，同时叮嘱吴经理，无论外人还是舞厅员工，一律不许进入柳烟的房间，外人则不能进来后院。吴经理点头如捣蒜，他刚收完外场的烂摊子还没缓过气，心想这些破事儿怎么都堆今晚一块儿来了。

华良让吴经理锁上柳烟的房间，便和莫天去找高婕。

两人走出后院，进入那条长廊时，碰巧有两人迎面过来。擦肩而过时，华良留意到走在前面的是方才被叫到后院排队的舞女，舞女身后是一个男人，戴着贝雷帽，身上那套白色竖纹衬衫和卡其色吊带裤有些污渍，脚步也不稳健，像是喝过几口酒。

莫天看见了，气恼地说："哎，不是刚跟你们吴经理说了吗？不许任何外人过来，说你呢……"莫天见对方不回头应答，匆匆上前挡住那舞女。舞女猛一抬头看见莫天的样子，愣了愣："我？我没有呀！"

"带他出去吧？"莫天示意她身后的酒客。那酒客低着头，退后两步。

"我哪里带人……"舞女转身，才发现有个人跟着她，惊恐溢于言表。酒客见状况不妙，俯下身子冲向舞池，不料被华良扑上来摁住脑袋，按翻在地。那人摔倒后想拼命反抗，他的帽子被华良摘下，莫天上来反绑对方，看到那张脸时吓了一跳："是你？王光明？"

王光明原本想挣扎起身，被认出以后灰头土脸地抬起头："探……探长？"

华良留意到，王光明被制服倒地时是慌张而抵抗的，当他发现是他们时，浑身的肌肉竟放松下来。华良便对他说："王光明，我们找你可找得苦了，你却来这儿跟踪舞女？"

"不，冤枉，不是那个意思。你们误会啦。"王光明一副惊魂未定的样子。他胡乱说了一些话，但连自己都没搞懂想要表达什么，最后说："你们知道柳烟，她死了。

我……我得来找线索。"

华良打量王光明,他有点神经兮兮的,似乎很怕暴露在灯光底下,便说:"行,跟我们一道走吧,让你找线索找个满足。"

两人押着王光明,上了黑色警车。警车的声音在空旷的街道尽头渐渐消失,只扬起一阵关于月宫舞厅的流言蜚语。直到后半夜,夜色才好不容易静谧下来。

二十

黑色警车并没有驶往巡捕房,而是停在一间诊所前。

阴暗的街道两旁,有的西式楼房还亮着窗户,厚密的晨雾缓缓降临大地,使月色融化在深远的夜空中。

莫天从驾驶位出来,伸腰打哈欠。为了驱散困意,他大声喊道:"高婕,起床验尸啦。"

没想那房屋的阁楼亮了灯。华良点着一根大前门,寒风从街道尽头扑来,三人无不感到清冷。一根大前门的工夫,门开了,高婕披着白大褂,双手插进口袋里。

"我真怀疑,这女人是穿着白大褂睡觉的。"莫天嘟哝。

起居室中央亮起一盏电灯,厚厚的帘子把黑夜挡在窗外。莫天给王光明松绑,他瘫软在沙发上。华良的眉间带着几分昏沉,向高婕讲述来龙去脉的同时,也递出他在柳烟房间带走的药材。

高婕打开纸袋，把药材倒在手心，里头有甘草、川贝母、杜仲等药。这些药材几乎每天都从诊所开出，只是柳烟的配方奇特一些，不难辨认，大概是一种戒烟方。

"柳烟的血液检测里没有海洛因成分，这是戒烟方。"高婕打断了华良的话。

王光明抱头缩颈，局促不安。

"王主编，'人屠'是谁，你是知道的吧。"华良正言厉色。莫天听到这话，急得把王光明揪起来靠在墙上，说："'人屠'跟你有关系？快说！"

"王主编，丁桃、梅福和柳烟的死你是听说过的，现在你的危险最大，秋田制药公司随时可能找到你，那时候一切就都太迟了。一旦你被盯上，免不了和柳烟他们一样被处以酷刑，不如，现在说出你知道的一切，我们来帮你。"

听罢华良的话，王光明呼吸加重，一会儿紧紧闭眼，一会儿发出歇斯底里的低吟，额头溢出的一颗颗汗珠被灯光照亮，还不停咽口水。

高婕对王光明眼下的生理症状太熟悉了，她正想点破，王光明说起话来。

"我也不明白，本来，跟我没有半点关系，我只管登广告啊。自从他们，他们普救丸……找我。"王光明没头没尾地说，"见到丁桃最后一面的人，为什么选我啊……"

"你看见丁桃……"莫天插话，被华良阻止了。

"丁桃遇害前两天，她说她被盯上了，非要我去电车上，她们都把担子压在我这儿……"

"什么担子？"华良蹲下来，注视王光明的眼睛。王光明只顾躲避。

"柳烟也告诉我，千万不能轻举妄动，必须等。可我们都知道，即便把上海滩翻个遍，他们也要追杀我们四个人。柳烟出事以后，我真不得不去月宫舞厅找线索，人命关天啊，我等不下去，真的等不了——"

起居室内，一片沉默。

"为什么偏偏是我啊。"王光明哀号，"一个又一个，只剩下我，都成了亡命之徒！"说着，他的面容更痛苦了，倒在地上挣扎发抖，神志不清地张牙舞爪。华良看出来了，高婕才说："他刚已经要毒瘾发作了。"她转身进去药室，取来一支针管，扎进王光明那暴起的青筋，"让他歇上一会儿吧，毒瘾犯起来可不好受。"

王光明渐渐恢复平静，坐在墙角一言不发，看起来神志失常的样子，片刻就昏沉下去了。

莫天眼看凶案的真相呼之欲出了，他不甘心，用铁盆盛来清水，试图把他弄清醒。哪怕这时候的王光明说出一点关于"人屠"身份的线索，一切就都水落石出了，他们甚至在能正午之前抓捕"人屠"。可眼前的王光明像失去了灵魂的躯体，不时神神叨叨说些无关的话，呆呆地倒在那里，不知是装疯还是真傻。

几次尝试之后依然无果，莫天咬牙说道："就他这副烂泥扶不上墙的样子，当年可还是进步的学生青年？"

华良的身体陷入沙发,手指敲了敲旁边的小桌:"得了吧,相比问出些烟里雾里的线索,还是拜托他先冷静下来想想自己的处境,想清楚了自然就张嘴了。要不然,咱们就放他出去。只要他出了诊所的门,不多久,下一个'人屠'案被害者肯定叫王光明。"

王光明似乎被针扎似的弹起来:"别,千万不要,千万不要把我交给他们……"

看着角落里王光明神经兮兮的样子,华良猜想,王光明有隐情,但他不愿意明说,这意味着对他而言,巡捕房并不是一个可信任的角色。到底什么样的真相,让王光明对巡捕房也抱有猜疑?

一条钢丝穿过华良的脑海,把所有线索串联起来——丁桃、梅福、柳烟和王光明四人的联结点是第4路电车,他们在那儿交换毒品。先前从丁桃包中发现有关军事情报的痕迹,意味着他们在用情报交换毒品,而王光明恰好进入过那个军区,所以在这次交易中,王光明是窃取军事情报的源头,丁桃和梅福负责情报转移。

奇怪的是,从丁桃浴室的绳索和梅福床边长期摩擦的痕迹来看,是丁桃和梅福自己将自己绑起来,他们在戒毒。柳烟血液里没有海洛因成分,房间的戒烟方,也许能佐证这一结论。他们似乎要摆脱毒品的控制,而柳烟的衣柜里有中共地下党的接头标志,中共在事件中大概发挥了某种作用。或许正是这个原因,使他们惨遭暗杀。另外,三人和王光明一样,都跟秋田制药公司的保健药项目"普救水"

有关。秋田制药公司固然不像是无辜卷入的角色。

莫天的话打断了华良的思路:"华生,我认为,现在最好的策略是用王光明作诱饵,钓出'人屠'。"这时候,王光明已经熟睡如死了。

高婕甩出手中的柳叶刀,一片片寒光在黑暗中闪过:"福尔摩斯,大好的活人在这儿,你应该花点心思让他张嘴坦白一切,而不是等死了之后让他的尸体说话。"

"他要是有话儿放在肚子里,刚在舞厅的时候就乖乖交代了。"莫天不屑地瞥了眼王光明。

"我看不一定。"华良在起居室来回踱步,"碎尸案发生前,王光明见过丁桃最后一面。如果王光明的只言片语属实,他在丁桃死后,其实在躲避追杀的同时,一直在找机会转移情报。那么,为什么没有转移出去,而把自己搞疯?"

莫天顿了顿,按着华良的思路推算下去:"两个可能,一是他不信任所有人,二是他处于被动的状态。按我神探的推理,第二种可能性最大,他在等待某个信号,但因为柳烟被害,信号断了,他不得不潜入舞厅——"

"以此反推,他们分别掌握着不同的情报,而王光明只知道一肢半节,随着丁桃几人遇害,王光明也被牵着鼻子走。"华良灵光一闪,这么说,只要把王光明保护起来,静观其变,无论是追杀王光明的人,还是向他接收情报的人,一旦有所行动就会暴露。

两个小时后,王光明被以跟踪舞女且图谋不轨的罪名,关押进巡捕房。

一辆黑色摩托驶过,撕裂了白赛仲路的幽静。沿路的法桐树生长成荫,虽不是飘絮的季节,地面上却积了浅浅一层淡黄的果毛。摩托驶过以后,不免扬起一阵纷飞的黄絮。

摩托停在一间西式别墅的铁门前。

莫天脱下风衣、钢盔和护目镜,那位老朋友寺岛秀已站在铁门中央迎接他了。

两人走进花园,花园的中央有一座蝴蝶形喷水池,池中伫立着佩尔修斯斩美杜莎的雕像,雕像台下有一行法语:"平静吧,不要再让仇恨充满你的心。"

两人见面,一番客套话以后,都谈起各自的近况。

寺岛秀是近几年从东京跑到上海的,年轻的他受不了国内狂热的军国主义风气,身边的朋友都相继去服全民兵役,唯独他对战争和"大东亚共荣圈"提不起劲。于是他来到上海用家财买下这幢别墅,从此专心做祖传的家纹上绘工艺,闲暇之余,也学西洋画的创作方法。

谈及家纹上绘的工作,寺岛秀脸上尽是掩不住的傲气,说自己最近给一个大佐设计家纹。虽然他对战争毫无兴致,但不少平民家族从战争中获得荣誉,也就大肆兴起家纹的潮流。

莫天听了这话,从口袋中取出一张褐色照片。和前几天报纸中的一样,这是"普救丸"发布现场葛诚勇躲避在桌边时被抓拍的照片，只不过更清晰些。若不是莫天从报社买来底片，照片中口袋巾的图案根本难以辨认。

莫天递出照片："话说近来，我对家纹也感兴趣。受你们日本文化的影响，不少中国家族开始做家纹。寺岛君看看这一家纹，在你们眼中，不知是算什么品相？"寺岛秀反复看照片中的图案，使佣人拿来纸笔，对照着照片，绘在空白的纸面上。寥寥几笔，那家纹的轮廓已然重现。照片上模糊的细节到了寺岛秀笔下，却完全没有含糊的地方。莫天惊喜，想必寺岛秀唯有亲眼见过这个家纹而且十分熟悉，才有把握完全复刻出来。

寺岛秀搁下笔后，语气不无嘲讽："莫先生，恕我直言，这一家纹的设计太劣质了。这若是某个中国家族的家纹，只能说，想必是见识粗浅的暴发户。他们连家纹的意义也不懂，就胡乱取来当家纹。"

"寺岛君，何以得出这样一番结论呢？"莫天觉得对方的态度正中自己下怀，"莫不是，这已经是日本某个家族专有的家纹？"

寺岛秀对着纸上的图案分析起来："在日本，显赫的家族都有特定家纹。家纹起初是贵族身份的象征，到了江户时代，平民之家也开始流行家纹。家纹一般总有鲜明的特色，象征着家族的可贵之处。而这块家纹，实际上应该是日本某个家族的家纹，只不过被你们某个中国家族盗为己用。"

"这可真糟糕。"莫天摆出一副愁眉不展的样子，"那么请问寺岛君,如果这块家纹真专属于日本家族,方不方便解释一下家纹的含义?"

寺岛秀一脸春风得意:"这图案的纹样是麻纹,几乎可以猜测,该家族应该位于麻的主要产地,至少从事和麻相关的工作。在日本,产麻量最大的是枥木和福岛。"

莫天若有所思地点点头,连说受教:"其实,这就是我一朋友的家纹,按你这么说,他可真够莽撞的。可是你知道,我不能平白无故上去拆穿人家。可否拜托寺岛君一件事,找出这个家纹的家族信息,让我好给那位朋友一个教训?"

寺岛秀正说到兴头上,当然满口答应了:"当然不在话下,只要向国内的同行朋友打听打听,找出这个家族是不难的事。"

莫天一边应和,一边陷入思考。他想起丁桃、梅福和柳烟死亡现场都出现的麻绳,绳结上特殊的系法,如果寺岛秀所提供的家纹信息没有误差,几乎可以猜测,"人屠"和葛诚勇之间存在某种联系,而葛诚勇的身世必然和日本有关。他说:"寺岛君,你说我这个台湾朋友,真没想到啊,以为他是个心系民族的科学家,他口袋里藏的,却是日本家纹的手帕。"

"莫先生有所不知,"寺岛秀拿起水杯,抿一口,"在台湾,多少台湾人挂着日本皮子,底子里他是个中国人,正如在上海,有多少人自称来自日本,其实从小没有踏出台湾岛半步。"

"哈，是个有趣的现象。"

"实属有趣。"寺岛秀跷起二郎腿，皮鞋尖轻轻敲打地面，大理石地板发出清脆的回响。

二十一

外面隐隐有雀噪声。巡捕房跟平日一样，从大清早就有人进进出出，报案的报案，喊冤枉的喊冤枉，仿佛整个法租界都绕着巡捕房转动似的。越是处于轴心部分，人就越要处处谨慎，一不留神，就会被疯狂的黑暗卷吞进去绞成肉末。

年轻的巡捕从邮箱里取出那份文件，抱在怀里，穿过办事厅，走进一幢西式楼房。那楼房的顶端，竖着一面似乎被暴晒融化的法国旗帜。楼房内，文件沿着楼梯扶手旋转往上，不一会儿，那份文件被带到三楼，放在华良的桌面上，华良耳中残存的鸟噪声消失了。

这是华良托人通过小道消息收集回来的关于秋田制药公司的资料。显然，上次公董局给的那份资料并不能满足华良的要求，况且秋田制药公司跟公董局来往密切，诚然少不了包庇的嫌疑。前些天，华良向公董局请求进一步取得关于秋田制药公司的资料，不仅遭到拒绝，公董局还派人来提醒华良，没必要在"人屠"案上深挖。偏偏这样的案子,华良觉得更有必要追查下去。

"指望公董局给出些什么重要线索,还不如靠贩夫走卒的道听途说啊。"华良拿起文件,拆去封条。里面有十几张纸片,用纸、墨水和字迹看上去出自不止一人。高婕接过一部分纸片,两人开始分别做整合。

华良从纸片中得知,陈正夫是秋田制药公司的社长,表面上是个实业家,背地里却养着一批打手,经常使用勒索、恐吓等手段对付那些损坏秋田制药公司名誉的人。自秋田制药公司发家起,其实外界不乏关于它的负面新闻。有次,同行永安堂在报纸上质疑秋田制药公司保健品的效用,那之后连续好长一段时间,市面上的药铺都不见永安堂出品的药,仿佛凭空消失似的。法租界内的小药房,倘若有流传关于秋田制药公司的流言蜚语,必是不得不搬离上海滩,被迫往别处谋生。可见,秋田制药公司深谙处事之道,比起让地痞流氓去欺行霸道,当然是暗中用权术恐吓来得治本。

华良联想到秋田制药公司警卫都是些受过专业训练的军警级人员,都配枪,但表面没有一丝张牙舞爪的做派,这很符合秋田制药公司行事的风格:深藏不露,干净利落。

而所谓留学归来的博士葛诚勇,其实跟陈正夫交情深厚,早在他"留学西洋"期间,已流传着不少关于他对人体研究的狂热。葛诚勇如今负责秋田制药公司的药物开发和内部行政,他一上任,就停了大部分专利药品的生产,据闻是把重心放在新产品普救丸上。他的销售策略是停止持续长期生产某类药，每隔一个短周期就迅速更新换代。

"我不太明白，秋田是我见过的那么多制药公司中，对人体研究最为重视的。"高婕递过她手中的纸片，"秋田原来一直有跟医学院和医院组织合作，合作内容是收尸体，按理说，药理学在尸体上能做的研究并不很多。"

华良只看见，那纸片上写着，秋田制药公司接收尸体有一个条件，尸体必须是中国人。秋田制药公司方面给出的理由是，把药物试验在中国人尸体身上，才能发明出更适合中国人的保健品。这句话后面有一行小字：秋田制药公司方面在人体研究上，学术报告少得可怜。

"也就是说，所有尸体的用途都在秋田制药公司内部。"华良望着那些纸片，它们像散落的拼图。

除此之外，其中一张纸片给华良提供了秋田制药公司新品发布会上死去的主持人"眯牵眼"的线索。原来，"眯牵眼"并不像报纸所说的那样和秋田制药公司毫无关联，相反，早期秋田制药公司和报社合作，"眯牵眼"就是这中间的牵线人。除了《新报》，"眯牵眼"还谈过几家小报社，只不过没有长久合作下去。

华良决定亲自去会一会秋田制药公司，显然，守株待兔只会让自己处于被动，现在单凭"眯牵眼"的身份疑点，就大有必要去那里一趟。高婕看出华良的意思，双手抱在胸前："怎么说，独自一人深入秋田制药公司？你不会以为，陈正夫会让你在秋田制药公司尽情自由活动吧？"

华良前一秒还满脑疑虑,听到高婕的话,泄气般一笑。阳光从窗外照在格子地板上,雀噪声又隐隐约约回来了。

秋田制药公司位于法租界南面的工业集中地带,肇嘉浜路。

黑色警车驶近秋田制药公司时,可以看见那儿有五栋大楼。离门口最近的是办公大楼,建筑风格颇有西洋特色,楼有七层,由白色花岗岩建成,很是气派。办公大楼后是制药大楼,外表比之少了些摩登气息,看上去像方方正正的收音机。制药大楼后面平行排列着三座楼,依次是实验楼、信息大楼和药品库房。五座楼以外,还有些散落在周边的小库房。

到了大门,华良向警卫表明来意,并且要求秋田制药公司负责人出来接待。不料警卫知道是华良以后,懒洋洋地回到警卫室翻找什么,丝毫没有紧张的意思。华良向警卫请求让秋田制药公司的负责人出面。过了片刻,警卫取来一份探访申请表,让华良填:"填完资料后我进去申请一下,你们再等等吧。"

华良接过探访申请表,注视着警卫。警卫脸上有几分傲慢,整理着警卫服的领子,领子下的口袋露出一支钢笔,笔盖一端是船锚的标志。

"笔,能不能借一借?"华良指着警卫的胸口。警卫低头看了看口袋里的钢笔,眉头一紧,从警卫室里拿出另一支钢笔。当警卫走来递出钢笔,华良一伸手,竟把对方口袋中的钢笔抽了出来。

"哈,真不好意思,拿错了。"华良笑了笑。警卫见笔被夺走,一脸惶恐抢回,小心翼翼地挂回口袋,仿佛命根子似的。华良悄声对高婕说:"那支笔,日本的货色。"

不久,一个人影从办公大楼走来。

接待华良和高婕的是人是社长陈正夫。陈正夫摆出一副笑容可掬的样子,瘦削的脸剃光了胡碴而显得皮肤有几分青白。他穿着一套深蓝竖纹西装,身后跟着四个体格健壮的跟班,各戴一顶绅士礼帽,帽檐遮着眼睛,鬓角处连发根的痕迹都没有。

新品发布会的那次交涉,双方不欢而散,华良深知对这次调查很是不利。陈正夫表面友善,和不少混迹上海的资本家一样,看上去一副不计过往的做派。

陈正夫为警卫阻拦华良二人进去的事主动道歉:"秋田制药公司的警卫不识泰山,还请神探不要记挂在心中,他们是尽自己的职责,并非有意为难的。待会在秋田制药公司,神探要是发现些所谓的可疑线索,可别私加个人恩怨在里头呢。"

高婕正眼不看陈正夫:"陈社长放心,巡捕房办起事来,不像上海商界那样满是说不清的勾结。"

"话说回来,神探华良的铁面无私,外界一向十分清楚的。"陈正夫话虽这么说,语气里却是带着几分不屑。

如华良所料,陈正夫招呼周到,接待仪式毫不含糊,他先带华良二人参观办公大楼,介绍秋田制药公司的营运状况。每巡到之处,看上去无不整洁干净。按陈正夫的说法,秋田制药公司作为上海民族企业的标杆,几乎每个礼拜都有这么一场参观接待。

"陈社长,你应该明白一点,我们不是来看你摆噱头的。"高婕语气平淡。

陈正夫没有理会高婕,提出带两人去产品展示厅。从陈正夫的做派看出来,参观的整个过程早被严格安排把控,要是再让他牵着鼻子走,华良二人这一趟必是毫无所获。

产品展示厅的玻璃柜里陈列着秋田制药公司生产过的所有产品,高婕发现唯独没有普救水。陈正夫的解释是,"普救"系列保健药品都是以公众订购的形式发售,只是试验性产品,当然不在此列。

说到这里,华良竖起一根手指,打断陈正夫:"陈社长,还记不记得你们发布会上,那个主持人'眯牵眼'?据我收到的资料,他曾经是秋田制药公司和报社的牵线人,没错吧?"

陈正夫笑了笑,和华良正面相对:"原来是来查旧账啊?关于那个什么'眯牵眼',我也十分来气。没想到啊,他本分活儿干不好,也算了,还在发布会上闹出人命。"

"不必这么急着撇清关系吧。"高婕也站了过来,"发布会上的事,还没完呢。"

气氛有点僵持不下,陈正夫明白在"眯牵眼"的事情上只会说多漏多,于是,他提高声调回应道:"你们尽管在这儿找线索,找到一点蛛丝马迹,我必定全力配合。走吧。"他说着往大楼后门走去。

走出办公大楼的产品展示厅,三人来到制药大楼门前。陈正夫还是坦然做讲解,只是脸上少了几分善意,华良干脆地打断陈正夫:"陈社长,你在秋田制药公司,主要工作是经营管理,至于研发方面,听说是你的好伙伴葛诚勇来把控,既然如此,不妨让葛主任带领我们参观制药大楼?"

陈正夫沉默片刻,脸上又恢复那副坦诚的表情:"没问题,他这就过来。"

正说着,葛诚勇从制药大楼西侧健步走来。他披着一件白大褂,内里穿着时髦的白衬衫,皮质背带挂在肩上,衣袖卷至手肘处,皮鞋漆黑锃亮,穿着打扮是一丝不苟的样子,金丝眼镜使他看上去多了几分斯文。

葛诚勇和陈正夫一碰头,陈正夫煞有介事地讲明华良的来意,说接下来的工作,华探长点名要求由葛诚勇接力,他叮嘱葛诚勇,务必详尽介绍秋田制药公司的情况。葛诚勇大方说道:"两位光临秋田制药公司,我当然不敢怠慢,请进楼参观。"

高婕领教了陈正夫一番虚情假意之后显得有点毛躁,先前碍于这次调查身份,她强作忍耐了一阵,现在面对的是同行,她开门见山道:"葛主任,废话不多说,您的工作是带我们参观药品实验研究的地方,是吧?"

葛诚勇带领二人参观了制药大楼的研发实验室、技术部、检验部和原料处理部。高婕对其中的原料、半成品和成品都做了基本检验,没有发现任何疑点。眼看要参观完毕，葛诚勇正打算送客，华良突然想起似的问："我想起来，制药大楼是不是有个生产车间来着？"他嘴上这么说，脑袋里回想的却是每层楼中没进去参观的几个房间。

葛诚勇处变不惊地说："生产车间是公司重地，本不允许随意进入。既然两位难得来到，参观药品生产线也是应该的，不妨对咱们秋田制药公司来个全面了解。"

华良向高婕使了个眼色："有葛主任领着，咱们不想全面了解一番都难。"

"这也好让两位回去巡捕房认真交差，以避免日后再传出无关的谣言，玷污秋田制药公司的名声呢。"葛诚勇眼神带几分骄傲地走在前头，领着二人走进制药大楼参观药品生产线。制药厂房很是宽敞，一条条生产纵队整齐排列在灰色地面上，机器运转发出轰隆隆的响声。葛诚勇在一旁解释道，生产线正在生产的是秋田制药公司的新品——普救丸。他详细地讲解生产流程，从药品包装到工人本身，每个环节都有严格的把控。

高婕观察到，生产工序虽然十分明晰，但前面所有步骤都不见药丸，药丸包装是在一个五十平方米左右的房间。高婕询问葛诚勇其中的缘由，葛诚勇只一句话搪塞过去：那是机器的半自动化工序。高婕站在生产线前，注视着一只只白色的药瓶——既然是半自动化工序，在生产线出来时应该行列整齐才是，可从那房间出来的药瓶，却是错乱排列的。

高婕正盯着那个被生产线贯穿的房间，华良猛一回头，察觉到车间门外有身影闪过。在机器运转的嘈杂声中,他听见一阵清脆的滴答响。

玻璃球。华良想起出没在秋田制药公司新品发布会的神秘人。

"方便的话,不妨让我进去这儿看看?"高婕走到那房间的钛合金门前。

葛诚勇低头一笑,委婉地拒绝了,他一再表示,房间里全是技术机密,如果随便哪个外人都能进去参观,别说产品技术被窃的可能,就连药的质量都得不到保证:"密思高,这点基本的道理,作为医生的您再清楚不过吧?"

葛诚勇转身,他的视线落在华良的背影上。华良沿着生产线上游走去,似乎在审视工人干活儿。葛诚勇礼貌地为高婕指路:"高医生,这边请。"

高婕不看他一眼,原本落在门把手上的手收了回来,两人跟上华良。

"说起来,普救水一向不在市面发售,向葛主任要一瓶来做研究,应该不算难事吧?"

"恐怕……委实不太容易。"葛诚勇解释说,普救水以前是以预订的方式出售的,厂房没有必要生产多余的量。

高婕问及普救丸,葛诚勇依旧是那套说辞:药仍处于最后试验阶段,只能通过填表来预订。如果贸然把普救丸给外界做研究,对秋田制药公司是很不负责任的。

高婕内心有一丝气馁,按这样的探查方式,她连药瓶都摸不着。行走间,华良莫名其妙往前面走去,而高婕停住脚步。她看见,工人们正用蓝色的纸片贴在药瓶的口上,一片片微小的蓝在她的记忆中时隐时现。

看过生产线之后,葛诚勇领着华良和高婕去休息室,他早在那儿准备了茶点和水果。休息室位于制药大楼三层,离楼梯口不远。经过楼梯口时,华良发现了石阶上的一颗钢珠。

自打听到那滴答声,华良就怀疑,神秘人有可能想向他传递什么信息。他一直在观察,但葛诚勇跟得太紧,一路无法脱身。

他踏上几层石阶走向那颗钢珠。

"华探长,"葛诚勇以警告的语气叫住了他,"休息室往这边。"华良意识到不好擅自前行,只好装作顺从。

在休息室待不多久,葛诚勇以工作繁重为由抽身而去。休息室外站着两个警卫,名义上是被葛诚勇派作这次参观的跟班,实质看管华良二人的一举一动。

华良走向门口,两个警卫立马阻拦,他们接到命令,在葛诚勇回来之前,让华良待在这儿好好休息。华良向高婕示意:"调开他们,我上去看看。"两人低声商量了几句。

高婕请一个警卫去向葛诚勇传话,既然在秋田制药公司未发现可疑之处,不打算再做逗留,要回去了。警卫听后确实不敢怠慢,马上去传话了。

那警卫走开后,高婕把另一个警卫叫到走廊旁边,问他几个关于葛诚勇的问题。说话间,高婕的眼睛不时移开,警卫意识到不对劲,立马转身去看休息室。他回过神来时,休息室早已空荡荡，于是失神地四处张望，寻找华良的去向。高婕慢条斯理走回休息室坐下。她让警卫不必心急，并表示华良只是想再走走刚才的地方，以防漏眼罢了。话音刚落，警卫一个箭步往楼下冲去。

这时，华良才从沙发背后站出来，高婕向他露出几分得意，他从容地走出休息室。

神秘人的意图，大概是想把他引去楼上。华良走向四楼，刚到那儿，正好听见两个警卫说着话经过，华良赶紧蹲下身子。两个警卫低声交谈，走向五楼，看上去大概是在巡逻。

华良走在四楼的廊道里，只见每个房间门都上了锁，加之有警卫巡逻经过，单凭华良一人，很难在短时间内有什么发现。

正当华良一筹莫展之际，忽然传来一段有节奏的响声，"滴答——滴答——"渐变急促，是珠子敲打地面的声音。华良眉间一亮，像一只追踪着羚羊的猎豹，闻声穿梭于曲折的走廊之间。那滴答声快要复归平静时，戛然而止，又以慢一点的节奏重来，"滴答——滴答——"引着华良前去。他一边紧跟声音，一边分析，神秘人对四楼的警卫巡逻路线相当熟悉，这一路，他居然完全没有碰上警卫。

滴答声消失了，华良四处观察，他站在一条不露天的廊道里，两头是光灿灿的出口。

他的视线拉回近处，右手边的门虚掩着，门缝处有一颗指甲大小的钢珠。

门牌上写着"主任办公室"。

二十二

确认四周无人,华良推开门走进去。

神秘人知道华良来参观的事,并且预想他们会来休息室,最重要的是把葛诚勇的办公室打开了。华良推断,神秘人不仅对秋田制药公司内部十分熟悉,甚至可能是身居要职的人。

从外表看来,这房间和别的大抵一样,内部却大不相同,墙灰是新近扇上去的,地板铺过一层釉面砖,一张胡桃木桌正对门口,椅子后上方有"共荣"二字,是魏碑的书风,桌上的一些物件印有日本的家纹图案。华良想,如果莫天那天的记忆没错,这就是他说的葛诚勇口袋里的家纹图案。

但进入房间后,华良突然毛骨悚然,仿佛两边有生物列队站着。等他适应房间里的黑暗以后,才发现房间两边摆放着两张双层长桌,桌上整齐地陈列着玻璃水缸,缸中存放着被肢解的人体标本。这些标本静置在福尔马林中,像一只沉睡的灵体。大概是房间里缺乏光线的原因,它们呈现出令人不寒而栗的阴绿色。

华良走近去看，每块标本的切割手法都相当精细，要是高婕见了，大概会感叹——切割技术之精湛，使标本的鲜活和完整永远留在标本缸中。标本下贴着相应的标签，标签背后的卡纸写着尸体信息。这意味着，这些都是来源正规的尸体。

房间内摆放着书柜，书柜上陈列着不少日语和英语的医学用书，所有物件没有丝毫杂乱。如此严谨缜密的空间秩序，使华良莫名感到一阵瘆人的寒意。

那股寒意久久不散，华良意识到这并不仅仅是心理产生的感觉，而是切实存在于空气中的冷寒。办公室的侧面有一扇门，门的材质是不锈钢，寒冷是从门缝里散发出来的。

他上前拉动门把手，随着门缝张开，寒冷扑面而来，滚滚的白气直接泻到办公室的地上。华良拨开寒气抬头看，这是一个巨大的冷藏室，天花板上挂满了尸体，像一群张牙舞爪的恶魔向华良俯冲过来，而包裹尸体的透明塑料袋像凝固时间的胶水一样粘在它们身上。

在冰一样的温度里，这些尸体似乎永远不会腐烂，它们被排成四列，整齐地悬挂着。它们张开双臂，腿脚并拢，像要扑过来捕食的老鹰。

华良一步步走近尸林，青紫色的脚就悬在华良的眉前，脚踝处捆着麻绳。华良的视线停在绳结上，那是和丁桃、梅福、柳烟死亡现场一模一样的绳结方法。尸体的皮肉表面布满鞭打、撞击以及切割的痕迹，这些尸体的顶部，也就是头颅，一颗颗看上去像木然沉睡的样子，如果不是那微凹的眼皮，很难想象它们对自己的遭遇毫无所知。尸体的颈椎被钩挂在两指粗的铁钩上。类似这样的场景，华良多年前见过，那是在屠宰场，只有屠宰场才会用这种两根手指粗的铁钩。

走到尸林尽头的时候，华良幡然醒悟，这一情景令他想起赭红色的凶杀现场，丁桃被碎尸的画面，以及浮世绘《地狱草纸》中的情景。在《地狱草纸》里，地狱的存在是为了惩罚作恶之人，葛诚勇的"地狱"中，这些尸体都遭受同等的屠虐，或者，他们生前确实犯过相似的恶，但在华良看来，较之于"惩罚"，也许称之为凶手的杰作更合适。死者每一块肉体的分离、残缺和损伤，都经过凶手的精心雕琢，展示着其自以为独特的美感。凶手一定对这种屠戮手法的结果相当自豪，像在博物馆里供人欣赏的艺术品，只是不同于普通艺术品的是，这里每一寸痕迹，曾经都是鲜活的生命。

这些人死前并不算枯老，当然，他们也没想过自己的躯体将以这种方式存续下去。对于这些如沙粒般的生命而言，失去了他们的名字，擦去了他们生存的历史，命运以其再不可知的形式继续着，大概就是毕生最恐惧的结果。

华良从冷藏室回到葛诚勇的办公室，他的脑海中萦绕着一个问题：葛诚勇为什么是"人屠"？葛诚勇一副医学家的样子，作为西洋医学出身的博士，对尸体的这一切做法果然不失西洋医学的谨慎理性，那么，他狂热变态，即是来自……

门外突然传来动静，是急促的皮靴声。华良立马站到办公室门口背后，贴耳倾听。

"没有上锁的房间，都去搜一遍。"有人传令道。

制药大楼里，警卫频繁进出各个房间，开门声和皮靴声交杂一片。他们看上去神情紧张，可在廊道碰头的时候，却都面面相觑——

"人呢？"

"这儿没有！"

最先找到华良的是一个年轻警卫，他一脸不可思议地睁大眼睛看着华良，一边气喘吁吁一边大喊："这！在这！"那语气仿佛自己碰上了最走运的事。

华良出现在休息室门口，向沙发上的高婕和葛诚勇打了个招呼："久等了，葛主任，我刚也在找你呢。"

"华探长真是神出鬼没啊，我七支小分队的警卫，竟没一个能碰上你呢。"葛诚勇坐在沙发上，手指刮着扶手处的真皮。

华良笑了笑："秋田制药公司内部防卫森严，能上哪儿去？我也就在廊道里走走罢了。"他向高婕使了个眼色，高婕站起来，不冷不热地说华良离去太久，看葛主任紧张的。葛诚勇听着只露出僵硬的笑。

陈正夫和葛诚勇一同送别华良二人离开秋田制药公司。华良的黑色警车从办公大楼驶出公路，他在后视镜里看见他们的形象在街景中不断缩小,模糊不清。行驶很远后,他们仍然站在那儿直勾勾地盯着黑色警车。

离开秋田制药公司的路上,华良一声不吭。

高婕坐在副驾驶位上,车内一片静默。她回想华良自从回到休息室之后,神情一直保持着冷峻,尤其是面对葛诚勇,虽然嘴上说着客气的话,但举止却是心不在焉的。

"怎么样?"高婕侧过头看华良,而华良只管盯着前方。

"葛诚勇就是'人屠'。"

高婕只觉得华良全身紧绷着,连呼吸都像要止住了。她轻拍他的手示意放松,可华良的手摸起来像冰一样冷。

过了一会儿,华良才把自己在葛诚勇办公室里看到的一切描述出来,他的语气十分平静。高婕看着华良的侧脸,他脖颈的青筋越发膨胀,一直上爬到下颚、脸肌,直到那没有透露一丝情感的嘴角。

二十三

从巡捕房到办公室的路上,高婕告诉华良,他离开休息室不久,葛诚勇传令让警卫找华良,他的脸色虽然没有一丝激动,但言语是掷地有声的。那时,高婕试探性地向葛诚勇了解药物研制方面的事,他仍然慢条斯理地讲,只是有什么人走近或进入休息室时,葛诚勇就全神盯向那里。

华良二人根据观察的线索，不难断定葛诚勇是个严谨而自傲的医学狂人，起初体现这一点的是丁桃的死，混乱中一切井然有序，甚至他还特意把酒杯留在现场。不管他的嗜血出于什么动机，既然有这方面的嗜好，必然是有一定时间的累积。那么，作为秋田制药公司的制药大楼主任，想必他会把研发的药物当成自己的杰作。

当葛诚勇态度强硬地拒绝高婕索要普救丸的请求时，高婕更加确信这药不简单。

高婕认为，如果能够拿到普救丸来做成分分析，对"人屠"的身份就会更有把握，毕竟，单凭绳结系法这一点贸然逮捕葛诚勇，难免打草惊蛇。

"得想想法子，把普救丸拿到手。"走进巡捕房的办公室时，华良思忖道。

这会儿，莫天早就从寺岛秀的住处回来，坐在那张皮质沙发上等候已久。他听见华良的话，嘲弄道："还以为你们发什么愁呢？原来是普救丸啊，怎么就不问问本神探？你们见我为这点事烦恼了？"

高婕看着莫天潇洒地说这番话，一副不知天高地厚的样子，正想嘲讽他，莫天从风衣口袋中抽出一封信，在华良面前挥了挥。

华良接过那封信，竟然是普救丸的试用资格通知函。

"行啊你。"华良轻轻敲了敲莫天的脑袋，"大神探，怎么拿到的？"

莫天摆出一副嚣张的姿势："在参加秋田制药公司新品

发布会的时候,你们都走开了,我一个人留在座位上。我是谁?我可是大名鼎鼎的福尔摩斯·莫,有什么绝佳的线索逃得了我的法眼?"

"难道又是,金钱使得鬼推磨?"华良一边读着通知函里的"领药须知"。

"哪有这么简单,本神探花了不少心思!"莫天讲道,"你别看发布会现场那些人病快快的,蜂拥上去的时候,胳膊比斧头要人命!"莫天摆出蹙眉的样子,"我站在里头可没少挨拳头,但还不赖,总算抢到一张完整的申请表。因为我就料到,这张表哪天一定派得上用场。"

"既然如此,福尔摩斯,你去领药的时候可别出岔子。"华良略带疲困的眼神望向远处,"秋田制药公司那帮家伙,不容易对付。"

"看我的吧。"莫天嘴角上扬。

领药的日子定在两天后,莫天来到秋田制药公司门前,那里已经有十几人蹲坐在石阶前候着了,脸上尽是压抑不住的兴奋。

日过中午,门开了。前来领药的人一个接一个排队。莫天进入大门时,角落处一个脸色憔悴、身体孱弱的青年哭喊着扑了过来,警卫立马出来阻拦。那青年哀号,求施舍一瓶普救丸,警卫像碰到什么脏东西一样连忙踹开那青年。

另一个警卫冷冷骂道:"你走吧,普救丸根本救不了你!"

"求你了，只要把我的病救好了，我给您跪叩一辈子，我想活下去啊……"那青年把头埋在警卫的皮靴下。忽然，有个人迈着大步子过来，使劲儿往青年的脑袋狠狠踢一脚，大骂："东亚病夫，滚！"莫天听见这话，猛一握拳头，但想到自己的身份和处境，只好克制住怒气，瞥向那说话的人。从他的穿着来看，像是警卫小分队队长。

青年整个人被掀翻在地，只躺在角落里哀号。

莫天等人被带到产品展示厅里集合，一切秩序井然。

三个人进来，莫天认出，他们是张天才、叶友和孔心，普救丸科研小组的成员。

张天才给出一份名单，让叶友和孔心指导所有人按名单分为四人一小组，一人做组长。

张天才站在众人前面字正腔圆地解释道："分组是为了更好地对试药人进行管理和联络，药效是要服用一定周期后才能体现的，所以请大家务必每天定期吃。"张天才顿了顿，竭力让大家静下来。在场的人吵吵嚷嚷，很快便把张天才的声音掩下去。

"都闭嘴！"一个警卫队长突然大喊，手掌往桌上重重一拍，陡然鸦雀无声。警卫队长向张天才点点头，张天才说道："没关系，该听的时候，他们还是会听的。"他咳一声继续说，"吃过药以后，要按照秋田制药公司所教的方法去记录自己的健康状态，然后交给秋田制药公司，这是免费领药的唯一条件。此外，关于普救丸的一切资料，每个人都要对外保密。"

多数人只是大概听了个明白,有人暗中抱怨了两句:"领个免费药像干些特务活儿似的。"莫天在人群中低着头,听周边的反应,他们都口耳相传着普救丸的功效。

莫天被分在第六组,同组的人很快聊起来。莫天插话聊上几句后得知,组中另三人的职业分别是百货公司店员、纺织厂女工和一个萨克斯手。百货公司店员是个二十出头的女孩,她手里拿着普救丸的说明书,一个个字念出来。纺织厂女工站在一旁,别人问她话时,她支支吾吾应答,看上去不善言谈。萨克斯手的话多一些,并且大方地请各位改天去他的舞厅听奏乐,他大概是热爱交际的。

这时,孔心来到第六组,将百货公司店员任命为组长。

孔心向百货公司店员交代组长的工作,其中提到每周来秋田制药公司领药,再派发到每个组员中。叶友则从另一边过来给每个人派发普救丸。

莫天看着叶友递药的动作,轮到自己时,孔心抬头看了叶友一眼,叶友从推车的另一侧拿起药瓶,递给莫天。

"莫少爷,你的药。"叶友那隔着口罩的声音听起来模糊。莫天接过叶友的药瓶后没有把手收回去,而是定在两人之间。

"我可要好好尝,这瓶所谓的普救丸。"莫天把药瓶提起来,摇晃一下。叶友避开他的眼睛,做出了书呆子畏畏缩缩的反应。莫天想,这家伙能叫我"莫少爷",想必是早对领药的人有过一番调查。

等叶友派发到下一组后,莫天撕开蓝色的封口纸片,对瓶中的药丸观察一番。褐色的药丸看上去深浅不一，应是被动过手脚的样子。而叶友接下来派出的药，不再是从刚刚那另一侧拿出来的。

莫天眉开眼笑，看来秋田制药公司是有些算计，不过，我莫天也不傻。

他观察周围，发现其中一个车夫样子的人把药瓶揣在浅浅的衣兜里。莫天跟他擦肩而过，在碰撞的一瞬间，莫天稍一动作，拉开车夫衣兜的口子，那药瓶就滚落在地上。那人叫了起来，莫天笑着表示抱歉："这就帮你捡来。"一去一回的工夫，他把自己原先的那瓶递给了车夫。

领药以后，张天才三人还站在产品展示厅中观察未走的人。莫天见自己被盯得要紧，于是也不久留，匆匆离去。当他走出秋田制药公司时，左侧驶来一辆黑色汽车。

汽车停了以后，三个杂工从汽车后门抱出几瓶红酒，摆放在推车上。莫天瞥了一眼，是"樱甜红"，大约有十来瓶。

莫天走到推车旁边，拿起一瓶红酒，揶揄道："万万没想到，会在秋田制药公司门口碰见'樱甜红'这种酒啊。"一旁的警卫看见了，厉声喝止莫天。莫天再往里头一瞟，车子角落放着三罐日本产的青梅粉，而推车的扶把上标注着所属的信息：制药04。

二十四

日出,到底是为谁而出?

白露之后就是日出,黑暗留在后面,我们留在后面。

他们觉醒了,太阳会出来。

你相信吗?

日出,到底是为谁而出?

华良身子一颤,意识清醒才知道自己在椅子上睡着了,他已经几天没有好好合眼,手里拿着那本流经多人的手却始终无主的书。百叶窗中的阳光告诉他,现在已经是下午五时,房间里空荡荡的,他把书放进抽屉中。

桌上堆放着杂乱的物证。在华良看来,它们非但不乱,反而像潜藏在浅土中的引线。他正顺着这条引线不懈地往下挖,越往深处,泥土的阴冷和潮湿越包围着他,他必须赶早挖到引线的尽头把那颗惊雷排出去,否则不知什么时候爆炸声就会响起,像升起一颗毁灭一切的太阳⋯⋯

熟悉的声音打破宁静。原来莫天早在门口候着,他听到华良拉动抽屉的声音才进来的。

"华生,我今天可在秋田制药公司里挖到了大线索,你倒是在这儿睡大觉啊。"莫天把烟斗叼在嘴上,"你猜怎么着?'人屠'在秋田制药公司,我有证据了。"

华良浑身舒畅起来，嘴角掩不住笑意："难不成，是秋田制药公司拜服你福尔摩斯·莫的威严，都一一招供了？"

莫天讲起领药一事，这不讲不要紧，一开口就是天花乱坠："秋田制药公司这份名单可真不一般。我一到门口，好些个没拿到试用通知函的患绝症的、重病的在外头哀求，都被秋田制药公司的警卫赶走了。反而拿到领药名额的，都是像我这样年轻力壮的人，等我们排队进去以后……"

华良打断莫天的回忆："伤老病残在外头，领药的反而是年轻人？"

莫天听了华良问话："起码不像病怏怏的样子。按理说，保健品的试药最好是找年老的人，但现场的人，无不是健康正常的。我当时就很怀疑，我们吃了普救丸，能有立见的成效？后来，我们进去以后，被分为四人一组，等他们派药。"

"四人？"

"对，四人。"莫天被华良强调的数字勾起了什么记忆，好一股熟悉感。他逐一说出组员的身份，华良嘴里默念着什么。

"你们四人的身份，简直是从丁桃他们那模子里出来的。如果莫天对应王光明的情报搜集工作，那么萨克斯手对应了柳烟，出入在龙蛇混杂的场所，纺织厂女工和梅福一样传送情报，百货公司店员无疑是丁桃的位置。"

"华生，猜对了，他们确实把百货公司店员任命为组长。还有，离开秋田制药公司的时候，我正好碰上他们在搬运红酒和日本产的青梅粉，红酒是'人屠'喝的'樱甜红'。当时因为警卫的阻拦，我只记下了推车的标记，是'制药04'。只要在某个房间找出这些证据，基本就能断定'人屠'是……"

"'人屠'是葛诚勇，他在制药大楼四层。"华良望着证物袋中的麻绳，讲起在葛诚勇办公室看到的一切。讲过来龙去脉以后，华良站到窗前，拉开百叶窗帘，窗外的暮色正在下沉。

这时候高婕进来，手里拿着一张报告单，那是普救丸的化验结果："真有意思，所谓的普救丸根本没有保健功效，只是加色素的淀粉。除了淀粉，你们猜还有什么？"

莫天抢话："要我猜，不会是什么汉方医学里的草药精华吧？"

"精华倒是有。除了淀粉，它的主要成分是轻微剂量的海洛因。这可不是个好消息，如果领药人都乖乖听秋田制药公司的话，连续服用半个月，那不只是上海法租界多了一窝毒虫那么简单。"

华良这下明白了，按照莫天观察得来的情况，丁桃他们四个人应该就是当年领取普救水的其中一个小组，他们开始以为自己在吃保健药，随着每次定期领药和服用，他们全部染上了毒瘾，但为时已晚，日常收入根本没法负担毒品的开销，所以，他们必须依赖普救水过日子，也就逐渐听任秋田制药公司的摆布，以换取毒品。之前的线索表明，丁桃在电车上负责转移情报，梅福定期乘搭电车接收情报，王光明利用职务之便搜集情报……后来中共地下党通过柳烟介入，同时，丁桃和梅福他们都在自我戒毒，从而反抗秋田制药公司。

这么说来，在普救水通过报纸接受订购那会儿，实际上秋田制药公司已经在上海滩布下了一张巨大的网，就像电车交织而成的网络一样，商店、流动摊贩、人物的住所……任何地点，任何阶层、身份、职业，都有可能是这张网络的结点。

"如果只是惩罚或灭口，葛诚勇只要把丁桃和梅福杀死就完了，但从凶杀现场来看，他应该还有别的目的。"华良想起葛诚勇的办公室整洁干净的风格，和凶杀现场的凌乱效果很不符合。

莫天的拳头落在桌面上，他告诉华良，应该立马去秋田制药公司抓人，按现有证据推算，只要进入葛诚勇的办公室，物证俱在，他必然束手就擒。华良没有回应，他知道是时候抓捕葛诚勇了，但还差一步，那便是四人小组中柳烟的身份。既然柳烟和中共地下党有联系，在实际行动之前，华良觉得有必要会一会老余，向他打探清楚这段脉络。

高婕靠墙站着，一边思考青梅对葛诚勇的作用，门外仓促的皮靴声打断了她的思路。

一个矮瘦的巡捕闯进来，大口喘着气，却压低声音喊："探长，华探长……"他凑近华良的耳边说了几句。华良蹙眉："陈正夫的消息很灵通嘛，没想到他这么有能耐，一声不吭就把人抽走。"

"是公董局的意见,公董局直接拨电话来巡捕房,让格雷探长马上放了王光明,秋田制药公司会派人来接。来接的人我记得,他们公司的社长陈正夫。"矮瘦巡捕临走时还说,格雷探长强调这事不要传出去,他是瞒着同僚偷偷向华良报信的。

华良低头走出办公室,莫天领会华良的表情,也跟出去。两人快步走到巡捕房外。

大街上行人络绎不绝,贩夫走卒的面孔和衣衫从这头来,到那头去,没有一刻消停。天色几乎要暗下来了,华良扫视人群。尽管四周人来人往,他还是以巡捕办案的敏锐触觉锁定了一个可疑的背影。

陈正夫戴着一顶浅灰礼帽,不疾不徐走路,指间夹着雪茄,口中呼出一团烟。一个身躯拦在他面前,他看着对方笑而不语。华良抬手挡着日光,眯着眼说:"陈社长,来一趟巡捕房也不跟我打个招呼啊。"

"华探长最近忙着'人屠'的案子,我哪敢轻易打扰啊。"陈正夫哂笑。他身后的莫天也跟上前来:"陈社长溜得这么快,是怕在巡捕房里栽跟斗吧。王光明呢?"

"找人是你们的能耐,"陈正夫两手一摊,"我怎么知道。"

华良和莫天在陈正夫一前一后,陈正夫摆出从容不迫的姿态慢慢前行,对着华良的脸缓缓呼出一口烟圈:"这么说吧,你们想必知道,王光明和秋田制药公司有过关系,咱们的发展,他那破报纸功不可没。"陈正夫走到华良面前,两人只有一拳头的距离:"今天我陈正夫还他一份人情,这点商界来往,您是管不着的吧?"

华良站在原地,不露表情地和陈正夫对视。陈正夫低头一笑,扬长而去。

二十五

明治四十三年,福岛县的夜空中升起一片火光。

两个少年看着熊熊的烈火,看着火焰吞噬那数不清的尸体碎片。

他们走后不久,村里的人陆续被火光从睡梦中惊醒,妇女忙不迭地背着小孩,扶起老人出门,往河岸的方向跑。男人吆喝着去哪里取水,注意风在往哪里吹,他们在混乱中好不容易组织起来浇水灭火。火势迅速蔓延,连烧四五家的房屋。

远离起火点以后,妇女们聚在一头,一个个惊魂未定。有人说,是那个屠户的家着火了。有人问,你们看见了吗,屠户夫妻的尸体七零八落。

人们谈起那个孩子在河岸边肢解马驹的情景,年轻的女孩听着,看了一眼夜色中黑似深渊的河水,不由得打了一阵寒战。

莫天在巡捕房里接到寺岛秀专门派人送来的信，刚刚读过两行，便激动地大喊大叫华良的名字。他一路从巡捕房喊着过来，见到华良时，恨不得把那封信直接贴在华良脸上。高婕被这一情景惹出一丝笑意。

华良接过信来看。寺岛秀在信中说，他确实找到了葛诚勇那块家纹的上绘师，目前住在京都。据上绘师回忆，这一家纹是一个来自福岛县葛城家族的少年拜托他做的，当时，少年对家纹的要求并不多，所以样式很快就出来了，少年给的报酬少得可怜。然而，这个少年已经死亡，做家纹的事之后没多久，报纸上登出一则骇人听闻的新闻：一个出生在福岛县屠户家庭的少年在家里肢解了自己的父母。

这则新闻震惊了当时的日本。据报道的说法，少年常年对自己的出身十分自卑，父母也从小虐待他。这样的环境下，他总是把刀当作玩物，村人多次看见他肢解动物的行为。不同于嗜血地砍杀，少年是顺着动物的肌理去肢解的，即便当时的他不懂解剖学，可每每下刀，刀法都令人惊叹。此外，他是个学业优良的孩子，常常独来独往，村人的孩子都不敢做他的玩伴。他的照片被登在报纸上，上绘师认出是那个少年。

少年肢解父母时还有一个配合作案的同伙，是他加入黑帮组织住吉一家结识的，同伙名叫高田正夫。肢解案发生后不久，两人就被抓捕了。在后续报道中，据说他们死于处决。

听闻这一事件以后，那位上绘师深深感到这是他一生最大的耻辱与污点，故而保存了好几份当时的报纸以作警示，在来信中，也并附了一份。

报纸上密密麻麻是华良看不懂的日文，但葛诚勇的家纹却赫然在目。版面登出的是一个十五岁少年的半身照，胸前绣着家纹，照片下方是他的名字：葛诚勇次。华良把信纸递给高婕，高婕边看边嘟哝："高田正夫，不就是陈正夫吗？葛诚勇次，当然就是葛诚勇。好家伙，这两个人看起来人模人样，原来都是从日本过来的亡命之徒。"

高田正夫，葛诚勇次。旧报纸散发着轻微的霉味钻进华良的鼻孔，仿佛把当年的气息也带到这里来，轰动一时的新闻在表面上平息了，实际上，它如今换了一副模样重回人间。

华良明白了，他们离奇死亡是假，事实上通过伪造的身份来到中国"起家"。从他们和秋田制药公司警卫的身手来看，他们有军队出身的背景，而秋田制药公司通过普救水和普救丸在上海法租界布下情报网，那么，这是个有军方背景的机构。在"人屠"作案的过程中，他们取走了死者的胃，是为了掩饰日本浪人的拷问法。而拷问的动机，很可能和中共地下党的介入有关。

他们究竟要拷问什么？

华良的手搭在椅子靠背上："秋田制药公司的情况比我们想象中的可怕多了，当然，也没有那么可怕，要点在于，我们得找到秋田制药公司内部的突破口。"

高婕领会了华良的意思:"当务之急是找到王光明,他是四人小组的唯一活口。但很可惜,我们已经丧失很多机会了,但愿来得及。"

华良的指尖轻轻敲打桌面,他们想到了同一点:多次出没在秋田制药公司,暗中帮助巡捕房的神秘人。

"神秘人的第一次出现是在秋田制药公司新品发布会,柳烟出事之后,他想利用我们去救援。他穿着白大褂,另外也可能打死了当时的警卫队长。"高婕修长的手指游离在唇间,做出一副思考的状态。

"柳烟死后,报刊上关于秋田制药公司的文章,会不会也是他写的?"莫天不忘提起这一点。

"神秘人再次出现,是我和高婕去秋田制药大楼。他用钢珠给我引路,目的是让我去葛诚勇的办公室,他知道那里有大量证据表明葛诚勇是'人屠'。"华良的指尖的敲击声骤然停了,神秘人很熟悉制药大楼,或许葛诚勇办公室的门就是他打开的,他是制药大楼里的人。能对制药大楼的警卫分布十分熟悉,又恰巧出现在新品发布会和分发普救丸现场的,不就只有科研小组三人吗?

张天才,叶友,孔心,他们三人在掩护葛诚勇和制服柳烟时都表现出专业的军事素质,每次他们出现,都并不多言。莫天想起秋田制药公司新品发布会上,叶友那笨手笨脚的书呆子形象,不太像是神秘人的手脚,而孔心虽然看上去阳光妩媚,但动真格制服柳烟的时候,身手毫不迟疑,也跟神秘人不大相称,那么就剩下精英学者张天才了。

张天才像是个有些主张的人，但他要想揭露秋田制药公司的黑恶，大可不必用这种遮遮掩掩的方式。

所有线索像无数条麻线，相互纠缠成一条麻绳，勒在华良的脖颈上，华良感到快喘不过气来了。华良喝了一口茶缓缓神，才发现那茶叶的芬芳早已在杯中沉积、变味。

华良到了内山书店，这时间，书店里有来来往往的客人。书架之间的过道很窄，只容得人与人贴身而过。白晃晃的灯光悬挂在头顶，三叶扇转动时发出嗡嗡声。

华良拿来一本《前锋》旧月刊坐在木椅上读。很快，一个人在华良面前经过，衣襟处有红绿色条纹。华良放下杂志，快步跟他走了出去。

两人进了书店里屋，没有来往的客人，外头的说话声也稀疏。老余关上门，转身便说："华良，我一直在等你来。柳烟是我们的人。"

"我知道。"华良脱去帽子，和老余面对面坐下。

"查到什么了吗？"老余的眼睛像鹰一样藏在昏暗之中。

"秋田制药公司是日本的情报机构，他们在上海法租界布网。他们内部的神秘人，是你们的人？"

"是，他叫炎龙。"

自从柳烟死后，老余到过柳烟的房间，发现发报机被取走，得知是巡捕房的人收去作为凶杀案线索，于是也明白，华良已经深入参与到柳烟的事中。老余压了压嗓子："炎龙是从日本回来的，他的任务是调查秋田制药公司。上海情报组派柳烟接近秋田制药公司内部,出了点意外。"

"柳烟也染上了毒品。"

"我们让柳烟接触丁桃,丁桃成为上海情报组在秋田制药公司的内线。"

华良终于明白,原来柳烟成为普救水的试药人以后染上了毒品,她一边自行戒毒,一边接近同组的组员丁桃。

柳烟了解到,丁桃曾经在启明女子中学读书,因为家族的意见退了学,于是离家出走到法租界打工。尽管她在电车上做的是售票这等乏味事,内心里对知识仍然是有所向往的。由此,柳烟向她传播《救亡日报》的思想,丁桃也日渐坚信如报中社论说的,"青年之未来须托付于国族之未来"。为了新一代青年不走她从前的老路,丁桃意识到必须奋起救国。救亡这样的担子也落在了丁桃的肩膀上。

随着对组员的深入接触,柳烟得知梅福原本是上海远郊的农民,由于战乱和妻儿失散,只身一人在法租界靠拉黄包车维持生计。他对日本人怀有莫大的恨意。借着一次分药的机会,柳烟和梅福聊得投契,便把秋田制药公司的面目全盘托出。梅福听着久久不说话,猛一下把药摔在地上,当即立誓把这害人的水液给戒了,并要捅破这些毒辣的阴谋。

王光明是小组里一个棘手的角色,他在《新报》跟秋田制药公司干的勾当,中共地下党不是不了解的,要让他参与做情报工作,万一失败,很可能弄巧成拙。所以很长一段时日，柳烟都尽量远离王光明，以免露出破绽。随着小组成员之间联系日渐密切，柳烟常听见王光明对时下政局的抱怨。有次讲起日本人，王光明便大谈学生时代的英勇事迹。至于秋田制药公司，他也越来越怀疑这保健药不太对劲。柳烟见缝插针，道出背后真相。王光明知情后激动得要去巡捕房举报，只是柳烟告诉他，国与国之间的情报战争，不是巡捕房能插手的，敌人在暗处，我们不能站在明处当靶子。

这事以后，上海情报组时而向丁桃提供一些情报，丁桃利用这些情报，打入秋田制药公司的核心。就在丁桃屡次"获功"、取得秋田制药公司巨大信任的时候，炎龙打探到秋田制药公司内部有一份情报网的人员名单，如果能尽早取得这份名单，就可以摧毁秋田制药公司在上海法租界的情报网。

经过几番筹谋，上海情报组决定，炎龙仍然潜伏在秋田制药公司内部，在这次行动中负责接应，由丁桃配合偷出名单。很不幸，在电车上接头时，炎龙险些暴露身份，最终，丁桃四人遭到秋田制药公司的追杀。丁桃和梅福死后，王光明很长一段时间下落不明。柳烟走投无路，决定冒险出现在秋田制药公司新品发布会上，向炎龙传播最后的信号。柳烟当时的信号是：找到王光明。

华良点亮一支大前门，点点头。老余的这番话补全了他先前的所有推理，这么说来，眼下一刻也不能等，必须马上救出王光明。

"那就来一步将军抽车吧。"华良起身。银元不轻不重地继续敲打桌上一角，桌面模糊地倒映着并不光亮的书店。

二十六

这天清晨下过小雨，地面湿漉漉的，空气中弥漫着薄薄的迷雾，大小不一的船只聚集在外滩码头边上，岸边的烟囱向天空排出滚滚白气，上海滩俨然一座从世界地图中被抹去的城市。

一支巡捕队伍行进在街道上，带头的是一辆黑色警车和摩托。赶早市的人惶恐地避让到两旁，连街头耍蛇的卖艺人都停下动作起哄："谁家一大早的这么晦气？保不准又出了命案嘿。"

巡捕队伍到了肇嘉浜路秋田制药公司门口，莫天跳下摩托，带着一队人直奔制药大楼。

华良神色凝重地看着队伍，对于他来说这是一步险棋。

高婕拍了拍华良的肩膀："但愿，这时候的王光明，还没有被剪成碎布吧。"

华良直奔葛诚勇的办公室。其时葛诚勇正在里头写研药报告，一队巡捕推开门，一支支长枪指向他。葛诚勇愣了愣，但随着华良进来，他那微妙的惊愕很快掩饰下去："我还以为哪家人串门呢，原来是神探光临啊？"

华良没搭理他的客套话，直接把那份日本少年肢解父母的报道甩在葛诚勇面前。葛诚勇装模作样地拿起来读，放下报纸后横眉立目："你这是什么意思？"

"当年在日本，轰动一时的肢解父母的事件，葛诚勇次和高田正夫，就是你和陈正夫吧？"华良走到那张办公桌前，拿起一支钢笔，指着上面的家纹，"这是你杀害父母前找上绘师做的家纹，你的真实身份是来自福岛县的日本间谍。"华良看向椅子上方的书法字，"秋田制药公司的真实面目，也不是什么中国民族企业，是日本情报组。"华良狠狠一甩手，把钢笔摔在那幅字画上，"共荣"二字被墨水染黑一大片。

"神探，我想你有所误会了。"葛诚勇把身体靠在椅子上，"单凭名字有几分相像就把我定罪为日本间谍，恐怕是莽撞了些？"他弯下腰捡起那支笔，擦了擦墨水，"你说的不错，钢笔上的家纹，确实代表福岛县葛城家族，那是我在日本游学时挚友相赠的纪念物。"

双方僵持在那儿，华良环视两边的内脏标本，最后盯着通往冷藏室的门。他打开那扇门，冷藏室内被悬吊的尸体都凭空消失了似的，除了滚滚白气，什么也没有。高婕这时候走进了办公室，仔细观察着福尔马林中的人体部位径直走向冷藏室。

"高医生要是对人体标本有兴趣，咱们不妨改天交流交流。"葛诚勇笑了出来。

走廊响起一阵皮靴声，莫天赶来告诉华良："他们把生产线上的药换了,没有普救丸。"

葛诚勇冷静地解释:"第一批普救丸已经派发出去了,第二批还不急用,目前没必要提早生产。不过,市面上有些假冒伪劣货儿,你们需要的话,可以买到一些,至于成分我不好保证。"

高婕观察着冷藏室上方的铁钩,地上还有结冰的血丝,空气中有一股淡淡的腥味。她望向葛诚勇,忽然眼前一亮。因为角度盲点,华良根本没注意桌子角落处的一只冰桶,而冰桶的挂耳处,绑着一条麻绳。

"看来,葛主任很是喜欢喝红酒啊。"高婕走出来,看见那冰桶里放着几瓶红酒。

这话提醒了华良,他绕过桌子走到葛诚勇旁边。原来那儿不仅有冰桶,椅子旁的矮桌上还放着一把透明的醒酒壶,壶中有红酒,大概是葛诚勇正准备要喝的。那条麻绳的结绳方法,和"人屠"在现场留下的一模一样。

葛诚勇看着华良走到自己旁边,不自然地直起腰来:"你们尽早离开吧,秋田制药公司可不像巡捕房这么闲。"

华良一只手按在桌上:"葛主任,请我喝一口红酒,应该不误事吧。喝完酒我马上就走。"

听到这话,葛诚勇有些紧张,但仍然故作镇定地站起来:"这有什么问题,还怕华探长推托呢。"他走到窗边的柜子前,取出一只酒杯。

"两杯,葛主任。"高婕带着冰冷的语气。

红酒沿着细长的壶颈,流入杯中,葛诚勇把酒杯递给两人。

华良接过酒杯,轻轻摇晃,抿一口红酒,是市面上普通的"樱甜红"。饮尽之后,杯底残留着一些微小的沉淀物。

"葛主任,跟我回巡捕房吧。"华良示意巡捕逮捕葛诚勇,"你很聪明,可还是暴露了。就凭这一杯'樱甜红',你还是得认罪呢。"

葛诚勇冷笑:"在上海滩,单是喝'樱甜红'的人,不足一千也有三百吧?"

华良指着杯底的沉淀物,凑近葛诚勇:"'樱甜红'本身并没有青梅粉成分,而'人屠'在碎尸现场留下的酒杯中,同样有青梅粉。你可真够自大,以为检验不出来。另外,你也忽略了冰桶挂耳上的麻绳,你知道,人的习惯总会反过来出卖自己。剩下的话,不用我说了吧。"

不过一会,高婕的手臂起了轻微的皮疹,证明了华良的说法。

华良的现场证据让葛诚勇终于败下阵来。巡捕立刻把葛诚勇扣押起来。临走前,华良想起了什么似的告诉押送的巡捕:"无论什么人来保释葛诚勇,都不允许。逮捕葛诚勇的一切后果,由我华良来承担。"

随后,莫天带着巡捕对秋田制药公司五栋大楼彻底搜查了一番。然而翻遍里里外外,都没有发现王光明的踪迹。此外,高婕也没有在生产车间中发现关于海洛因成分的药料。

"看来,关键的证物都被提早转移了。"高婕站在生产线的房间里,那儿连一丁点粉末都没留下。

华良等人回到巡捕房,取证室的同僚前来报告:"华探长,对葛诚勇的指控可能并不那么顺利。所有证据中,除了红酒中的青梅粉,现有的其他证物很难直接指向葛诚勇,尤其是丁桃死亡现场中从杯壁提取的指纹,跟葛诚勇的指纹完全对不上。"

"对不上?"华良一愣,如果不是葛诚勇,莫非说,陈正夫也有这样的习惯……华良想,陈正夫带走了王光明,如果他要从王光明那儿问出些什么,决不会轻易露面的,除非,他已经处理掉了王光明。

华良来到审讯室。对面的葛诚勇戴着镣铐,仍不失医学家的形象:洁白的衬衫一丝不苟,端正地坐着,周围一片黑暗,明亮的电灯照着他的脸,两颗眼珠像弹子一样藏在眼皮下,头发像平时一样往后梳,几根发丝似乎经不住他的严肃,蔫了似的垂在额头前。高窗的日光射进来,微小的粉尘在光影之间游离。

"华探长,你这一举动,让我很是担心巡捕房的名声。"葛诚勇的喉咙吞咽着。

华良坐下来:"王光明在哪?"

"你问错人了吧,这个我管不来。不过我提醒你,在公董会面前,巡捕房应该认清自己的处事界限。"葛诚勇一脸祥和,他又说了些无关紧要的话来周旋。华良注意到,他的喉咙不停吞咽,每次开口,舌头都舔舔唇,他的嘴唇十分干燥。华良示意巡捕给葛诚勇一杯水,葛诚勇接过杯子,一饮而尽。

"还需要吗?"华良站起来,俯视葛诚勇。葛诚勇一声不吭地看着他,手紧紧捏着纸杯。

离开审讯室,华良把这一症状告诉高婕:"他的反应,让我想到了青梅粉。"

高婕猛然记起来:"一个医生朋友向我询问过一个病例,有个病人患有特殊的干燥综合征,因为唾液腺先天有缺陷,导致口干舌燥……你等等。"

半响,高婕从诊所拿来一封信。华良打开信封,里面有两份字迹不同的信,一份出自医生朋友,另一份是病人自述。病人自述那一份信纸印着葛城家族的家纹,署名是勇。华良把这封信放在桌上,下午的阳光从窗外照进来,光和影切割着信的内容。

只要证实葛诚勇是这个患有特殊的干燥综合征的病人,就可以利用这封信证明他的日本背景,如此证据一并举出,定罪是绰绰有余了。

二十七

秋田制药公司的楼房之间,出没着巡捕的身影,除了这些身影。秋田制药公司如平日一样运行着,工人在生产线旁生根似地工作，搬运工在药料仓库进进出出，办公大楼处聚集着好些批量订药的药房经理人。

莫天带着巡捕把五栋大楼搜查个遍，仍然没有发现王光明的踪迹。只见秋田制药公司全体忙里忙外的，大概是因为葛诚勇位子空缺，管理层不得不重新安排人去接手事务，看样子，也并没有要打点关系捞出葛诚勇的意思。

让莫天感到不解的是，这一次秋田制药公司被搜查，神秘人为什么不出现？巡捕进入秋田制药公司，按理说神秘人不会不知道，他应该利用这个机会向巡捕房提供更多信息才是。

除非神秘人出了状况，或者，他不在秋田制药公司。

彼时，莫天站在办公大楼五层，瞭望整个秋田制药公司。这次搜查过程出奇地顺利，没有遭到任何阻拦，每个房间都敞开门，任由巡捕们翻查，但也毫无所获。更让他觉得吊诡的是，出了这么大事，陈正夫作为秋田制药公司的社长却全程不露面来应对，换作以前，他必然挡在巡捕面前，给搜查工作添些阻滞。会不会是，陈正夫早已抽空了内部的机密，等巡捕房来扑个空？

这么说，从逮捕葛诚勇到这番搜查，莫天连陈正夫踪影也不见半个，此外药物研发部的三人也不知所终。

事有蹊跷。

莫天让巡捕继续搜查，自个儿骑着摩托赶回巡捕房向华良报告情况："华生，奇了怪了，秋田制药公司内部比自来水还要干净。"

"看来，在我们抓捕葛诚勇之前，秋田制药公司内部早就有准备了。"

"按照我福尔摩斯·莫的推理，这是陈正夫的一着'弃卒保车'。"

华良回忆葛诚勇被捕的情景，当时他已经把冷藏室的尸体转移出去，要不是桌子角落处那不起眼的红酒……不过，既然葛诚勇已经想到把冷藏室的尸体转移，为什么偏偏留下红酒呢？有没有可能，葛诚勇只是秋田制药公司的一面挡箭牌？

这时，一个巡捕敲响华良的门，递来一本《前锋》杂志："是内山书店送来的书，说巡捕房华探长急用，要马上送来。"华良看了一眼杂志，上面写着"速送"二字。

华良在巡捕房门口就碰上了老余，两人走到离巡捕房不远的叶氏药房，穿过药堂，进了一间狭小的医室。

"我正想找你。"华良看得出来，老余动作从容，脸上却掩不住一丝焦急。

"炎龙的消息，葛诚勇是故意被抓的，王光明被转移了。"

"我意识到了。他们在哪里？"

"郊外的秘密仓库，如果问不出话，他们就打算把人杀掉。炎龙也跟着去了，他会去营救王光明。"

华良沉默，他觉得陈正夫留给王光明太多时间了，这不正常。如果王光明打死不说，按照陈正夫和葛诚勇的手段,迅速解决最能了事,拖延着只会让他们越来越危险,除非,陈正夫在利用王光明作诱饵。

"这是个陷阱。"

"没错,他们想逼迫炎龙行动,暴露身份。"老余从衣袋里抽出一张写有上海郊外仓库地址的纸条,塞入华良的手中。

二十八

王光明醒来,身体的疼痛和疲惫还没消除。

他抬起头,房间里没有一丝光线,难以判定现在的时间。从屋内隐约的轮廓来看,这房间不大。他深吸一口气,空气中有清淡的药材味。他昏沉地回忆,之前是待在药料仓库里,那仓库很大很宽敞,四面墙爬满了蜘蛛网,窗户和屋顶都遍布铁锈。

他闻到了雨水的腥味,这几天应该下过雨了,不,是他自己的血的味道。晕厥之前,他想把舌头咬断,但他们及时发现了,拿一团布堵在他嘴里。

王光明不知道自己几天几夜没有躺下睡觉了,他只记得他们无止境地审问,张天才、叶友、孔心这三人轮流出现在他模糊的视线前面,拷问的话语像一把沉重的铁锤,砸在耳膜,咚咚作响——

名单，交出来……

在秋田制药公司的同党，还有谁？……

你替谁卖命？……

更多记忆向他袭来，这些天，无数的输液针扎进他的血管，那些叫不出名字的液体在他体内流淌。他记得，先前孔心拿着一支葛诚勇新近试验的吐真剂在他身上做试验。几秒内，他感到浑身没有知觉，意识也像糨糊一样黏稠，只听见有人不断命令他说出名单的下落。

在模糊的印象中，王光明重返了丁桃被碎尸的现场，也看到了梅福的惨象。在飘忽的意识之间，他似乎回到了在圣约翰大学毕业不久的时光，日夜为新闻奔走。那时候印刷机被砸坏了，他能用木板刻、用蜡铸、手写，每日把报纸照常发到报童手里。之后很长一段时间他浑浑噩噩，直到柳烟的话让他重拾那种感觉。他不确定这叫不叫人生意义，或许吧——

"王光明，死亡是每个人的事，可为同胞而牺牲，是我们一代人的事。你好好考量。"那天清晨，柳烟坐在他旁边，递来那本《日出》。

王光明想起柳烟拿着四只药瓶，打开，把普救水倒入下水道，也想起见柳烟最后一面时，她坚定地命令：守住名单，保存自己，等待暗号……

"我还活着，呵。"王光明迷糊地嘟哝，看来自己什么也没说，大概是挺过去了。他判断自己还有利用价值，所以没死。

他这一声引起了门外的动静。

"他醒了。"外面的女声说道。门打开,孔心穿着一身黑色护士服,手里拿着一瓶液体走向王光明。

"你的路还远着呢。"冰冷的针管钻进王光明的静脉,刺痛感在他体内荡漾开来。他知道这是营养液,这一瓶瓶的营养液使他始终在生死边缘徘徊。

孔心挂起营养液瓶:"换作是我,我宁愿尽早说出来,求个痛快的死。不过,我真担心你的死相。"

王光明尝试露出视死如归的凶狠貌,汗水从他额头滑落,他五指握拳,却使不上劲儿。

"收回那副嘴脸吧,这里是郊外,整个仓库区都埋着雷管,可别指望出去。"孔心甜美的声音变得很轻。她站起来背过身走向门口,那摇晃的黑影给王光明浇灌了无数的绝望。

王光明垂下头,笑了笑。

开门声像厉鬼的嬉笑,一个穿白大褂的身影站在王光明面前,皮鞋向他接近:"受苦了。"那人蹲下来,把指尖放在他的手背上。

"来个痛快吧。"王光明昂首,露出脖子。

白大褂的指尖轻微地敲着王光明的手心,王光明预料这又是哪门子的逼供罢了,他铁了心任由对方处置。可对方的指尖反复地敲击着那段节奏。两段过后,王光明猛然睁开眼,他想起见柳烟最后一面时她说,取名单的人会用《夜来香》来接头。王光明潜下心感受对方手指的敲击,正是《夜来香》的节奏。

"噢……真好听。"王光明心中有一股力量在复苏,"你才来。"他闭上眼睛,将记在心中已久的一串数字全部敲在那手上。

接收完情报后,白大褂尝试将王光明扶起来,王光明体力不支,又躺了下去。

白大褂说:"我们会救你的,你是个英雄。"

"快走吧。"

王光明目送那白大褂背影离去。在白大褂快要踏出门口的一刹那,屋外忽然响起一阵骤雨般的脚步声。王光明吃力地看清了,是秋田制药公司的警卫列队来了,每人持着一支冲锋枪,严严实实地把整个房间包围。

白大褂迅速闪回屋内,躲在门的后侧,掏出一支微型手枪和一把小刀。

外头传来陈正夫的喊话声:"来,让我看看,这里还藏着多少你们的人。"

门虚掩着。

王光明知道路已经到了尽头,白大褂和秋田制药公司的警卫对峙着,万一失手,情报就再也无法传出去了。而他和外界接触的唯一办法就是死亡,他只能靠自己。

他拔出针头。

王光明深呼一口气,纵然在这短暂的一生里他见过了不少的死亡,那些死亡就像一盏灯熄灭一样,平常地发生着，悄无声息，可真正要发生在自己身上的时候，他才感到巨大的恐惧。诚然，他是恐惧的，因为他要带着最后的机密死去，而他的死亡，就是为了让这个机密浴火后重生。

——是啊，为了这片大地，国人的未来。

他吃力地转身，用针头向自己的静脉里注入空气。随着身体逐渐变得轻盈，在昏过去的最后一刻，他看见挥扬着《新报》的自己……

二十九

黑色警车和摩托驶向上海郊外，那是没有平坦公路的地方。他们沿着一条河开去，河上有几艘扬帆的船只，一望无边的荒草中潜藏着几间房屋，五间连成一片，每间都有二十亩田地的大小。房屋东面有一道拱门，拱门上方是一块白底蓝字的广告牌：上海药料仓库。

仓库周围，有不多的警卫在巡逻，莫天估摸，不足二十人。

华良三人在仓库外的土路上下了车，华良观察片刻后，发现警卫巡逻的动向集中在南面的河边，很少往西面的两间仓库去。

"福尔摩斯·莫，你怎么看？"

"按照我的观察，仓库只是一层表皮，我们分头行事，"

莫天指着西面的仓库,"从这里突破,然后潜过去南面……"莫天还在指点,回头发觉华良和高婕的身影已经出现在西面仓库附近。

"哎,等我啊——"莫天栽入杂草丛中。

华良走近时观察到,虽然两间仓库的外形大致相同,但排风口和窗户的位置都有区别,而且仓库门前的地面上,到处是井一样的排风口。

华良到了靠南的仓库,那里的大门没有上锁,内部并不宽敞,货架有三层楼高,堆满药材。仓库的光线很弱,不时有运输工来来去去。

他沿货架的标识走着,很快发现了通往地下的门路。

莫天露出头来探望,心里嘀咕着两人去哪了,一股力拉住他的臂膀蹲下来,是高婕。高婕拨开杂草,像湖中一艘船驶进北面仓库。

高婕踏入大门。这间仓库不像一般仓库那样整齐分布、从中间开出一条过道,而是错综复杂,还分割成大小不同的房间。

莫天思索:"按照一般侦探故事的推理,仓库里所有房间都是幌子,真正隐藏机密的地方,只有一道暗门能进去。"他说着就往黑暗走去。没一会儿,前方有一扇门,门边有个女孩指挥着搬运工把一团团黑色塑料袋搬进去,从外部轮廓来判断,像是人。

女孩开口说话:"往里边搬一点,剩下的明天处理吧。"当他们搬最后一团的时候,她还往那袋子踢了一脚。

莫天听出那声音，回头看着高婕：是孔心！

孔心领着搬运工离开，关门的动作被莫天记下来。等他们走后，莫天转动门锁，门打开了，内里漆黑无光，干燥的闷热扑面而来，空气也浑浊，一点不像什么秘密房间或通道。两人确定四方无人后，摸索着进去观察。

高婕闻到一股高度烤焦的气味，她正要拉住莫天，莫天却探险欲上脑，兴奋地往前走："依我看来，这准是仓库内部的暗室！高婕，你别忘了留意地面，说不定有王光明留下的线索。"

室内的空气很浑浊，细尘纷飞。当高婕踢到地上的黑色塑料袋，外面有人走近。高婕伏身在漆黑之中，莫天紧贴墙边，墙体那微微的热量使他愈发觉得不对劲。

那人没有发现他们，便把门关上了。

他们赶紧跨步到门边，在墙的四周摸索，没有发现开关，这才明白过来，这扇门只能从外头控制。随后，房间的尽头响起机器运转的声音，热气像海浪般在空气中翻滚。

高婕撕开黑色塑料袋，里面是一条条僵硬的尸体，她手里沾了一抹灰："这里是焚烧房！"

"我也发现了。"莫天注视着房间尽头那个渐渐发热发光的机器，不自觉地往墙边后靠两步。

犹如晴天霹雳，警报声响起，一小队警卫从仓库小跑到大门。

华良这会儿刚走进仓库，于是躲开警卫，迅速藏身于货架之中。他想，警报声不像是从这个仓库内部传来的，方才莫天和高婕去了另一个仓库，莫不是他们出事了？华良正要趁乱出去和他们会合，只见前方有几个警卫提着军用电筒走来，挨个检查货架上的角落。

华良见退路被截断，只能谨慎地往仓库深处去。这时，有人拍了拍他的肩膀："华探长。"

居然是张天才，他披着一件白大褂，身上有些脏污。他压低嗓子道："王光明快不行了，跟我来。"华良半信半疑，但眼前状况紧急，他沉着地跟了上去。

他们来到两排货架的尽头，张天才摁下墙边一个隐秘的开关。

暗道充斥着潮湿的味道，但能容得下两个人并排走。从回音听来，暗道内部是较为封闭的空间。

张天才在前行的过程中告诉华良："王光明转移到这里，受尽了折磨。我尝试去联系他，很不幸，陈正夫提前布了陷阱，他们在揪出藏在秋田制药公司内部的人。"

"你是我们的人？"华良眼前只有一片黑暗，他凭耳朵判断道路的方向。

"我是炎龙。"张天才头也不回。

这条地下水管下去，通往一条明亮的走廊。华良明白过来，地面的仓库只是掩体，地下其实是一个巨大的基地，秋田制药公司真正的活动，都隐藏在这里。

"这里是秋田制药公司的秘密实验室，你们查不到的东西，他们全都搬来这儿了。"张天才开始放慢脚步，手挡在华良面前，示意他留在原地。

华良想拉住张天才，低声说道："你会暴露的。"

"没时间了，我们必须尽快找到王光明。"

囚禁王光明的房间门口有两个警卫把守着，警卫木然不动，张天才走来："你们先回避吧，我对这家伙做个问话。"

"口令。"其中一个警卫冷冰冰地说道。

"兄弟，我是实验室的张天才。"张天才的脸凑在一个警卫面前，语气带几分傲慢。

"陈社长说了，没有口令，谁也不允许进去。"

张天才双手叉腰点了点头，刚一转身，一记上勾拳打在警卫的腹部，那警卫痛晕过去，原来他手上戴着铁指虎。另一警卫见状立马抽出警棍，张天才拔腿就跑，警卫很快追到了走廊的死胡同。他扑上来，张天才稳步蹲伏下去，顺势贴地翻滚，让警卫扑了个空。他从后头反绑警卫的双手，抢走腰间的钥匙抛给华良。

华良接住空中的钥匙，打开了门。

一副瘦削的身体坐在那等他，对方穿着一身深蓝色竖纹西装，一条腿翘了起来，双颊凹陷下去，青白的皮肤使他宛如面团捏出来的人像。他后靠在椅子上，趾高气扬地望向大门，左右分别站着两个警卫，一盏白亮的灯泡垂在黑暗中央。

焚烧房内，红光一片。

莫天忍着逼人的灼热，摸索墙体的每个角落。他能闻到头发烧焦的味道,每走一步,地上的骨灰纷扬而起。他焦急地走动着,旁边的高婕却伫立不动。他极力不去看躺在地上的那些木偶般的尸体,对他来说,再不想办法出去,一旦焚烧房完全启动,自己就会瞬间葬身这里。

高婕一边擦汗,一边观察着地上的黑色塑料袋,陷入沉思。原来这些尸体并不是随意摆放的,而是整齐排列在一个个格子间里。这里有十来个格子间,尸体有的被塑料袋包装,有的浑身裸露。裸露的尸体也并不完整,脸部和手指的皮肤被割除。他们为什么仅仅割走这部分的皮肤?

高婕仔细检查那些手指,全是没有了指纹的血肉……

指纹的唯一用处是活人的身份信息。如果那是死人,那么只有一个用途,死人的指纹用在活人的物品里,结论很简单:伪造证据。

高婕随即想起丁桃和梅福被碎尸的现场中那红酒杯上的指纹,怎么就忽略了是出于死人之手的可能呢?她明白了,秋田制药公司背地里出了命案,他们会在凶案现场留下混淆视听的线索,此前一直向医学院和医院组织收购那么多尸体来做所谓"实验研究",自然也多的是巡捕房无可追踪的这些指纹可以利用。

"高婕,来帮一把!"莫天叫喊。他推开一具躺着的尸体,从格子间里拆出一根铁管。在高婕的帮助下,莫天费尽力气拔出那根管子。他走到焚烧房角落的汽轮发电机组那儿,撸起袖子,使劲儿撬动外层的防火板。此时的温度已经升到不可忍耐的地步,莫天满身湿汗,火苗从格子间附近蹿出来。

防火板掉落,莫天双臂握住铁管狠狠往那些管道砸下去,内部结构一下子被破坏变形。火越烧越旺,

"用火!"高婕退到墙边,向莫天大喊。莫天恍然大悟,脱了身上的马甲,点着,把燃烧的衣服甩到汽轮发电机组的电线上去。

火烧起来了,电光爆闪,接连不断地噼啪作响。不过,格子间的火势渐渐弱下去。

莫天掩护高婕到焚烧炉的门边。他们看着那些尸体被火苗燃烧着,黑色塑料袋最先燃起,散发出令人难受的气味。随着那层黏糊的胶质收缩萎靡,尸体之中出现了一副面孔,莫天暗暗一惊……

不一会儿,门外有动静了,两人忍受着赤火燃烧的闷热,不作声。

门外的声音喊:"哎,来个人吗?火烧不起来了。"但没有得到回应,高婕听出那人是孔心。孔心嘟哝了两句:"算了,我自己看……"她一开门,还没看清里面的状况,就被一把拉了进去,直接摔在那些焦黑的尸体上。

她的喊声消失在金属门背后。

莫天浑身像淋过雨一样,汗珠里沾满白灰,高婕也深吸了一口气。

"焦肉的味道闻起来真不怎样。"高婕擦了擦鼻子,往搬运工先前运尸来的方向去。

房间里没有王光明，陈正夫坐在那儿。

"华探长，欢迎参观秋田制药公司啊。"陈正夫跷起腿。张天才赶过来，被身后的警卫踢倒在地，两支黑洞洞的枪口堵在他们脑后。陈正夫走到张天才面前，两个人对视着，陈正夫的眼神像一头恶兽，嘴角微微抽搐："好你个张天才，哼！"

张天才摆出他熟练的傲慢相，侧脸却迎来陈正夫一记重重的拳头，随后，陈正夫一脚踹在张天才的腹部。张天才弯下身抱住痛处，视线还没有移开陈正夫半点。

"王光明在哪里？"华良扶起张天才。

"王光明？有缘的话，我会让你们躺在相邻两个格子间的。"陈正夫冷笑，背着手走向大门，身影被灯光拉得很长，"收进水牢！这两天我亲自招待你们。"

两人被押着走向南面的通道，通道尽头是个水牢。警卫把他们推进铁笼锁上，铁笼上方用麻绳吊起来，徐徐浸在水中。警卫站在水牢边指挥两个杂工放绳子："往下放，往死里放。"

华良看着水渐渐漫上来，从下身到胸膛，到下巴，他想到仓库南面本来就靠近河流，说不定是河里的水，既然如此，只要逃出水牢，就能活命。他闻到了水中的泥腥味，水位升到眼睛的时候，警卫喊停，杂工往桩子上固定麻绳。警卫看了一眼水中的两人，便走开了。

华良示意张天才不要动，他憋了一口气潜进水中，静止着判断水流的方向和力度。水是缓缓流动的，也比一般的河水浑浊些，大概可以推断两边有闸口控制水流。如果真要从闸口逃出去，恐怕有危险，但也未尝不可。

张天才观察岸上的情况，趁警卫不注意，他从鞋底抽出一条铁丝。华良问张天才："哪里弄来的铁丝？"

"水牢是王光明来了仓库之后才有的，我想，这玩意儿总会用得上。"张天才钻到水中，用铁丝插入锁孔。

两人相互配合，不一会儿，出口打开了。趁警卫经过，他们一同游出水牢，潜入浑浊的水中。张天才正要往水流方向游去，华良立马抓住他，打出战术手势示意他待在原地不动。

警卫目睹华良二人逃跑，赶忙向陈正夫报告。陈正夫匆匆赶来，只看一眼注满水的水牢，迅速领了一小队警卫赶去水道出口堵截。

水中的华良沉着地憋气，他估摸了一下时间，拍了拍张天才的肩膀。两人缓缓游上水面，确认岸边没有人之后，他们才完全冒出头来。

"不愧是神探华良，果然胆略过人啊。"张天才憋红脸，大口大口喘着粗气，笑了笑，华良伸手。拉了张天才一把。

两人从容上岸，简单沥干身上的水。

三十

"王光明不在审讯室,他可能已经死了。"张天才盘算着警报响起的时长,"我们得赶紧走。"

"陈正夫说的格子间,是在哪里?"华良想起被投入水牢前陈正夫的那番话,无论如何,现在必须找到王光明。

"他说的格子间是焚烧房,也许要销毁王光明的尸体。"张天才抬头看了看四周,"如果警报久久未解除,他们会拉下铁闸,不放走任何人。他们在这里布下雷管,就为了不惜一切代价把情报堵住……"

"那就意味着他们跟我们一样,从王光明那儿拿不到任何东西。"华良警觉起来,他们肯定没从王光明口中问出名单的下落,如果已经问出点滴线索,陈正夫干吗在审讯室跟华良耗着?华良脱口而出:"我们去焚烧房。"

张天才悲愤地说:"陈正夫说过,如果王光明死不开口,碎尸万段也要把名单的下落挖出来,他们大概已经在王光明身上搜个精光了。"

华良心一横,看着张天才的眼睛道:"张天才,你带我过去,马上。"

张天才点点头,往前面灰暗的长廊走去。上方的白灯泡在墙面投出片片一闪而过的身影。

每当有人走来，莫天和高婕就不得不迅速躲进廊道旁的房间里。这些房间都是放置着医学仪器或人体标本的实验材料室，门敞着，只亮起一盏微弱的灯。警报声还在响着，警卫来来去去，莫天判断，看样子是没有足够人手来进行地毯式搜索。

长廊转角处出现两个实验员，正弯腰抬着一个黑色塑料袋去往焚烧房，他们的动作不大利索。莫天抱怨："这些人把那儿当伙房吗？怎么成天有那么多尸体运过去烧？"

"孔心还在焚烧房。"高婕和莫天对了个眼神。

两个实验员越来越走近高婕所在的房间，交谈的声音也清晰了——

"啧啧，不愧是陈社长，恨不得连皮下组织都翻出来检查一遍。"

"找情报嘛，谁知道会藏哪儿？可怜这家伙内脏被挖得那个精光！"

两个实验员脑后突然猛遭一记重击，随即摔倒在地上。

莫天从黑暗处出来，把他们拖到另一个房间。高婕还逗留在室内，思考着他们刚才对话中的内容，于是立马撕开黑色塑料袋，那具尸体正是王光明。随着塑料袋口子一开，肠子和肾脏全都滑在地上，莫天回过头，被血淋淋、黏糊糊的画面惊得一阵胃酸上涌。

高婕把尸体拖进实验材料室后，慢慢剪开袋子，头也不抬地对莫天说："我需要一点时间。"

莫天打趣道："啧啧，真是猫儿见了腥。"他伫立在门边放风。不过一会儿，走廊又有来人，莫天探出脑袋去，是华良。

"华生啊，告诉你一个很遗憾的消息，王光明……"莫天这才看清华良背后的人，"张天才？"

"我是炎龙。"张天才瞥视前后，"陈正夫要对我们动手了，得尽早离开这里。"

"炎龙？"莫天看向华良，一脸不解。华良解释道："潜藏在秋田制药公司里的神秘人。"

莫天似明未明地"噢"了一声，张天才也看见地上的尸体了，解释道："我逃出去之前，王光明把空气打进血管里，他企图自杀。"

高婕站起来，确认张天才的说法："他们搜得真够仔细，连指头的肉都割开了，内脏被完全掏空，恨不得要把骨头也锯开来检查似的。"

华良观察王光明的尸体，暗暗明白了，既然陈正夫搜得这么彻底，恐怕他们是一无所获，也就是说王光明在死之前一句话都没说。

"尸体上有没有什么发现？"华良问高婕，而高婕却看着张天才，有点发愣。

"华良，铁闸马上要关闭了。"张天才语气中带有几分强硬。

片刻之间，华良看出了高婕脸上的意味："高婕，愣着干吗？"

昏暗中高婕的眼睛对上华良,两人蹲下来,继续观察王光明的尸体。

高婕嘴角抽搐一下,说:"按照这般精细的解剖手法,无论情报藏在哪里,肯定也被搜查出来了。无论如何,"她往日的冷淡少了几分,给王光明合上那双爬满苍蝇的眸子,"安心走吧。"

"华生……"莫天有了点头绪,压着声音呼唤华良。

华良在尸体面前低下头,平静地说了句:"这家伙,确实像个英雄。"

两人把王光明收殓进袋子,因为尸体开膛破肚的,内脏不断滑到地上,他们不得不把它裹起来。正当华良搬运头部的时候,忽然发现耳后处有星星点点的血迹,他把王光明的头侧过去,那里有一片瘀青和横竖有致的针刺痕迹。他看懂了,把尸体装入塑料袋:"我们得把王光明带走。"

"走吧!"张天才劝道,急促地念着大约剩的时间。

"华生,我觉得不对,神秘人不是张天才!"莫天这句话喊了出来,让在场的人都怔住,连同他自己都有点如梦初醒。他盯着张天才:"你到底是谁?"

张天才瞪大双眼,反问:"你什么意思?"

双方僵持在那儿,华良只蹲在王光明旁边,高婕看着华良阴影处的脸。这时候警报声戛然而止,烦人的鸣报终于消停。张天才抬头,隐隐听见铁闸落下的声音。

"别胡说。"华良语气中似乎没有任何温度,"走吧,再不走就晚了。"

"已经晚了。铁闸一旦拉下,只有陈正夫知道开关在哪,每个门口有五六箱雷管,起爆器也在他手里。"张天才站在灰白的光晕之下,看着门外的通道,像一只落单的鹰隼,"你们在这待着,我去控制室会一会陈正夫。"说完,他快步消失在门外。

张天才出去后,莫天手摸着下巴:"华生,按照我福尔摩斯·莫的……"

"我相信他。"华良拍了拍莫天的肩膀。

莫天还想说下去,高婕看明白华良的眼神,斥道:"莫天!现在不是闹这个的时候。"

莫天感到百口莫辩,看着华良和高婕把王光明的尸体藏好以后,便迅速跟上张天才。

"等等我啊——"莫天追了上去。

四人来到控制室的时候,门口只站着两个警卫。张天才从器材室拿来麻绳勒晕一个警卫,另一个警卫上前对付张天才,被华良打晕。

他们一同踹开控制室大门,然而陈正夫不在里面,四个操作员看见这群不速之客,显然有点不知所措。"有没有别的办法,打开铁闸?或者把雷管阻断……"操作员只愣站在那儿,一个劲地摇头。

高婕这时候冷冷说道:"他来了。"

他们转过身,只见陈正夫手中握枪独自走来:"你们果然到这里来了。"说话间,陈正夫瞪着张天才。

"陈正夫,你的秋田制药公司已经完了。"莫天站了出来,和华良并排站在离陈正夫最近的位置。

"彼此而已,你们这时候来,恐怕连那家伙的葬礼都赶不上吧,哈哈。不过,可以亲自去找他。"陈正夫抬起另一只手,是起爆器。

"王光明的线索,在我手里。"华良嘴角上扬,"想必整个秋田制药公司班子使尽浑身解数,也没从他那儿挖到线索吧?"

陈正夫瘦削的身影缓缓踏过来,蓝色竖纹西装使他更显幽暗:"不可能。"他说道。

华良表面镇定,内心却有几分犹豫,最后他决定赌一把:"你们别忘了,王光明可不是傻子,他当然知道自己死后的下场——找线索这种事情,有空你们多向巡捕房学习。"

没等华良说完,陈正夫摁下了起爆器的圆形按钮,阴阳怪气说道:"本来,我想放你们一条生路的。"

华良的表情轻松起来:"有没有王光明的线索,其实根本不打紧,日本情报人员的名单藏在上海法租界某个角落,找出来只是时间问题。陈社长,你不会觉得中共地下党都是些吃干饭的吧?"

陈正夫举起枪,对准华良。手臂抬起的那一瞬,莫天二话不说俯身向前,双腿一蹬,直接撞击陈正夫的肋下,同时使出在巡捕房训练习得的"敌凡道"夺枪术,把枪打落在地上。

华良立马踢开陈正夫的手枪,那把枪滑到张天才脚下。

高婕见状正想上前夺枪，然而张天才本能地捡起那把枪，握在手心却愣住了。

陈正夫急忙退开几步，握紧手中的起爆器。那动作有点不利索，但还是跟莫天拉开了距离。他脸上残留着几分迟疑，挨墙站着，捂住肋下的疼痛部位。

"华良，起爆器倒计时只有五分钟。"张天才盯着陈正夫手中的起爆器，"已经过去不止三分钟了。"

华良没有回应，只一句"小心"，和莫天往后退开。他回头看了看，四人当中只有张天才握着一把勃朗宁 M1903 手枪。

陈正夫趁他们走神，转身往外跑，一边大叫"警卫！"下一秒，一颗子弹打在他的肩膀上，随后连发几颗子弹，分别穿过他的后腰、脖颈和后脑。陈正夫摔倒在地，抽搐一下，不动了。

莫天迅速扑向那起爆器，摁下停止键，计时器显示不到一分钟的时间。

张天才低下头把枪收回去："我们得赶紧走，趁警卫没来。"他在操控台上摸索了一会儿，还是找不到铁闸开关。

华良回想起仓库外面像井一样的排风口，他冷静地走向廊道，一边观察天花板上方的结构。张天才回过头来，看出了华良的用意，说道："从排风口出去可能性不大，管道上安装了先进的防盗电网……不过，我想到了！"

四人回到刚才的实验材料室，带出王光明的尸体，在张天才的带领下，来到危险化学品储存室。

张天才拿起撬棍便去拆墙角一块被钉得密不透风的铁皮,幸而一些钉子生锈了,拆起来不算特别吃力。他一边拆一边解释,这本来是秘密实验室建成初期用来进出的管道,后来有了地面仓库就废置不用了。他经常来这个储存室,对这里十分熟悉。

"帮把手啊。"张天才使劲儿拔钉子。

华良上前帮着拆卸那块铁皮,撬棍使不上的时候,就徒手拔钉子。最后,他们一道合力把铁皮掰开,里面是一个黑乎乎的洞。

张天才提着撬棍进去,黑洞刚好容得下一个人半蹲的姿势。他用撬棍清理洞里的鼠虫,很快就看不见影儿了。

华良看着外头偶尔跑过的人影,有人大喊逃命,一片混乱。

"华生,我还是想说……"莫天在紧迫之中不失冷静。

华良轻轻推了莫天一把:"我知道,出去再说吧。"莫天委屈地钻了进去。华良对着高婕笑了笑,随后一前一后抬着王光明的尸体消失在通道的黑暗中。

洞的尽头是一口很浅的枯井,张天才站在井口上眺望仓库的方向,在仓库外头巡逻的警卫正帮里面的人破坏铁闸,里面的人死命挣扎,想要逃出来。

当华良爬上井口的时候,心中的疑云忽然消散——枯井周边的杂草不多,比井下要干净,看起来平时是有警卫驻守的,毕竟如果有人误闯这里,很容易摸进秘密实验室内部。站在枯井的位置,恰好能看见华良三人下车后潜进仓库的整段路。华良想，这意味着早有警卫发现了自己的踪影，从他进入秘密仓库起，陈正夫就是知情的。

"华良，我们现在就去把名单找来，交给老余吧……"张天才指着远处可走的路。华良暗中向莫天使眼色，莫天恍然大悟，一下将张天才撂倒，整个人压在他身上，先扣住脖子，再用皮带捆住双手。张天才的嘴巴被按在泥地上。

"你是陈正夫的后手吧？"华良蹲下来看着张天才狰狞的脸。

"华生，我以为你还真蠢到家了呢。"莫天转过头，华良笑而不语。

"我是炎龙！"张天才口齿不清地喊话，"你疯了吗？"

莫天冷酷地笑一声："我不管你什么炎龙玄武，凭借我敏锐的直觉，你到底是陈正夫的人！"

高婕娓娓道来："进入仓库的时候，我和莫天误闯了焚烧房，那里有一具尸体，尽管没了脸皮和指纹，但从身体特征来判断，很像是叶友。"

"那个人就是叶友，"莫天抬头莞尔一笑，"叶友才是潜伏的神秘人，百分百可以断定。"莫天记得，那具尸体的手臂上有蓝色荧光剂，那是叶友在秋田制药公司新品发布会上留下的痕迹。他也渐渐想起来，在秋田制药公司领药的时候，叶友那一声"莫少爷"，实际上是明着把自家底牌亮出来叫他怀疑的。

华良心中揣测，逃出水牢的时候，张天才的铁丝就让华良对他的身份有所怀疑。也就是说，真正的炎龙在接近王光明时已经暴露了，当华良进入秘密仓库，陈正夫就拉响警报，并且让张天才过来"接应"他。陈正夫原本打算不让任何人把情报带出去，但他也担心名单既然在外，早晚有被发现的可能，所以安排张天才作为后手。莫天方才在器材室那一番话，使张天才意识到自己的身份危机，为了获得华良三人的信任，他果断地射杀了陈正夫，这一点，他称得上是当机立断。

"那四颗子弹，你真够决绝的。"华良看着张天才愤恨的表情，抬起头，望向秋田制药公司的秘密仓库。暮色四合，却掩不住那儿的喧杂。

三十一

拂晓时分，高婕回到巡捕房的档案室，调出上海法租界两年内被用于医药研究的尸体档案，再把这些尸体指纹跟丁桃和梅福碎尸现场那玻璃杯上的两枚指纹做比对，她发现那两枚指纹就在其中。这批尸体的去向正是秋田制药公司。

这批被秋田制药公司以药学研究为名买入的尸体，实际上是用来做成标本满足葛诚勇的变态嗜好，甚至伪造成凶杀现场的证据。单是两项罪名，公董局就有权把秋田制药公司注销掉，并没收全部资产。

华良在审讯室告诉葛诚勇，"人屠"的案子已经水落石出，陈正夫死了，秋田制药公司也垮掉了，所有证据都指向葛诚勇，不仅是"人屠"案，还有间谍罪。

葛诚勇不动声色，眼睛盯着华良："那些案子，不可能证明是我。"

"你很自以为是，用死人的指纹来混淆视线，不过只要在其中找到一丝你的线索，那还是火烧连环船。"华良甩出一份指纹对比记录。丁桃碎尸案中的指纹，出自一个已死的印刷工人之手，这名印刷工人的尸体后来被用于医学实验研究，根据张天才的交代，现在仍然停放在秋田制药公司秘密仓库的解剖房里。

"带着这堆铁证如山的指控，去见你们天皇老爷子吧。"华良双手撑着桌子俯视葛诚勇，高婕也把那封带有家纹的信纸铺开在葛诚勇面前。

葛诚勇听完这番话，嘴角抽搐，随即大笑起来："你们这群支那猪！大日本帝国迟早吞并你们，到时再来……"

"那么在此之前，可要在你的'地狱草纸'里待老实了。"华良背过身去。

审讯室的门关上，空气中残留着葛诚勇克制又张狂的声音。

华良把王光明的尸体存放在鉴定室的冷冻间内。一天后，他来重新检查尸体，王光明耳朵背后那些针刺痕迹浮现成一行莫尔斯密码。莫天这会儿终于明白，王光明牺牲时用针头将线索戳在耳后,这些针口在他刚死时很难被留意,随着瘀血慢慢沉积,才会显现出来。

华良将王光明耳后的莫尔斯密码抄录在纸上,来到内山书店交给老余。

老余看过后,陷入沉思:"这段密码有三段,后两段的数字由'行'和'列'开头,第一段由'层数'开头。华良,这个密码是有底本的,炎龙没有交给我们这个文本。"

提到文本,华良茅塞顿开,回到证物室把那本《日出》拿来。老余翻到书末页的借阅表,最近的借阅人是"张旦"。老余点破道:"是柳烟。"华良才回想起调查柳烟的时候,酒保说过这个名字。

柳烟混入秋田制药公司成为试药人员之后,这本书在组员之间不停传阅,从丁桃到梅福,从梅福到王光明,或许他们当中有人并不识字,但通过书页间夹杂的情报,柳烟的信仰就这样在组员们当中暗涌而传播着。

华良和老余根据莫尔斯密码的提示,在《日出》第二节部分圈定了三个关键词:有轨电车、人员、名单。

他们走出书店,登上丁桃上班的那辆第4路电车。车上挤满了人,说话声混成一片。华良观察车内每个角落,很快发现驾驶位旁的一份工作人员签到表。他取下签到表,只见每页都是售票员和司机日常签到的名字,几张签到纸夹在褐色的皮质签到板上。华良发现签到板侧面有裁缝的痕迹,于是用雕刻刀割开。里面除了一张硬纸,还夹着折叠过的泛黄纸张,纸上是工整秀气的字迹,写着人名、住址和工种，由此可判断是日本情报组织的人员名单。

巡捕房连夜行动，将名单上的人进行了大规模抓捕，他们隐藏在上海各个角落，洋楼别墅或筒子楼弄堂，也覆盖了各行各业，从买办商人到伙夫纤夫。至此，天明时，秋田制药公司在上海布下的日本情报网，全部被捣毁。

不时有巡捕来华良的办公室报道抓捕的情况，华良坐在椅子上。窗外是渐亮的上海滩，清早的风还有些微凉，海面笼罩着一层浑浊的晨雾，街道上又传来小贩的叫卖声，船笛低鸣，很快，这些公路和海岸，连同大街小巷，无不挤满了互不相识的人，他们熙来攘往，在炽热灿烂的日光下，各怀着昨夜的迷梦和今天的清醒，钻进这片披着金纱的繁华中去。

尾 声

一把钥匙和一张纸放在办公桌的中央，纸上写着"海格路0226号"，吊扇缓缓旋转，推动着房间里的光影不断旋转。

华良从巡捕房出来，往四周探望，这条街道依旧车水马龙。他背后，一个穿长裙的女子走过来，指尖扬起来，拍了拍华良。

"怎么样？"高婕退后两步，让华良从下往上打量一遍。

华良若有所思地点头："不满意，缺了点气质。"高婕正眼不看华良，往前走去，华良赶忙加上一句："你还是披一件白大褂吧。"

他们并排走在街道上，华良双手插在口袋里，高婕低着头。两人走过几间商铺，走过几间食肆，不时避让匆匆而过的旅人。

"法租界可真热闹，从来不会消停似的。"华良抬头望着纵横在头顶的电车缆线。

"以后怎么打算？"

"不知道,再说吧。"华良深吸一口气,"去和平饭店当个厨子也不错。"他踢了踢路边的石子。

这会儿,后方突然传来一阵嚷嚷声,人群纷纷让开,"都借过一下,对不住啦!"道路中央闯出一辆摩托,尘土飞扬,车上是个白净的小少爷,"巡捕房办案!"

"这家伙,啧啧。"高婕回望着风驰电掣的莫天,"也不知道他那福尔摩斯梦什么时候会骤然醒来。"

华良笑了笑没有回应。路两边的人忽然变得拥挤,相互推搡,华良来不及避让,一把握住高婕的手,两人消失在山海般的影子中。

别来无恙华良兄

（后记）

在我心里，华良是真实存在的一个上海的侦探，时间应该是上世纪三四十年代。那时候他有着年轻的脸庞，戴着一顶礼帽，穿那种呢料西装，有时候还会披上风衣。他的眼睛里闪着光，那种光是灵动的，是智慧的。他每天都在这座光怪陆离的城市里，见证着光怪陆离的案件。

我总是觉得他应该是抽烟的，那种烟盒可能是铁壳的。点烟前，他会在铁壳上弹一弹烟，再叼在嘴上，美美地抽上一口，接着抬起头，深邃的目光扫向各处。他的脸，棱角分明，用现在的话来说，他的帅是可以照亮上海一隅的。他有他的队友，一个是那嬉皮笑脸自以为是的富二代莫天，一个是机智清秀冷静加上冷艳的法医高婕。他们一起，首先经历了陈东枪枪所著的这八本书中所有案件，至于这八本书以后还会不会经历着什么，我不知道了。对读者来说，他们本身只不过就是书中的人物，像画中人一样，是虚幻的。只是作为这个系列小说的策划者，或者说故事监制，我一直都感知着他们的确曾经存在于某一个时空。他们有血有肉，他们有前人有后代有家产有曾经泛黄的故事。

　　华良经历过的或者说参与侦破的各种案件，有情杀，也有谋财害命，有惊悚事件，甚至有科学怪人和变态杀人、以及当时的时事背景下的军方政治与谍战，日本势力和黑帮……除了这些案件，就是上海的寻常百态，比如街上的旗袍飘摇，黄包车像一条条陆上的小船飘摇，舞厅里跳舞的人们各种姿势的飘摇……和华良当时所处的这个时代一样，也是风雨中的飘摇。华良就像我的一位亲人，或者可以是穿越时空的好兄弟。但我更艳羡的是他的清瘦，睿智，飘逸。他的笑容灿烂得像阳光一样，他站在那个时候的明媚的太阳光下，在我隔空而来的目光里，把自己倚在马路边的一棵法国梧桐的树干上，点着了一支烟。

　　就是这么一个像无声电影的镜头一样的画面。让我觉得特别的美，像一种城市美，像一种黄昏美，像一种有着陈年气息的画报美。华良就像是画报封面的一个人物，他鲜亮的皮鞋一尘不染，他手中还握着一柄黑色的长柄雨伞。如果他抬起头，他一定能看到上海的上空，在风中迅速舒卷的云。

　　这是那个年代的故事，这也是我策划的故事里的人。我不打算在此细说他究竟经历了什么样的人生起伏，只描摹一个大致的轮廓。现在这套《神探华良》系列，八本书将呈现在大家的面前，就等于是我和作者陈东枪枪，在把华良呈现在大家的面前。当然，华良这个名字，也会出现在我的系列中短篇小说"迷雾海"中。他的身份，是警察。

无间

警察曾经是我小时候梦想的一个职业。现在，我无意中成为小说家和剧作家，只能靠写侦探写警察，来慰藉自己未完成的理想。我不年轻了，也没有老态龙钟。我只是觉得，在我的心底里，面对着整齐地放在面前的这八本书，突然很想念华良兄。

　　华良兄别来无恙。

海　飞
2021 年 7 月